안네의 일기

세계문학산책 12
안네의 일기

지은이 **안네 프랑크**
옮긴이 **붉은여우**
펴낸이 **안용백**
펴낸곳 **(주)넥서스**

초판 1쇄 인쇄 2013년 4월 20일
초판 1쇄 발행 2013년 4월 30일

출판신고 1992년 4월 3일 제311-2002-2호
121-840 서울시 마포구 서교동 394-2
Tel (02)330-5500 Fax (02)330-5555
ISBN   978-89-6790-129-5   04800

출판사의 허락없이 내용의 일부를
인용하거나 발췌하는 것을 금합니다.

가격은 뒤표지에 있습니다.

잘못 만들어진 책은 구입처에서 바꾸어 드립니다.

www.nexusbook.com
지식의 숲은 (주)넥서스의 인문교양 브랜드입니다.

세계문학산책 12
지식의숲

안네 프랑크

안네의 일기

붉은여우 옮김 | 김욱동 해설

지식의숲

차 례

생일 선물, 키티

1942년 6월 14일 일요일

6월 12일 금요일, 나는 아침 6시에 잠에서 깨어났다. 그날은 내 생일이다. 그러나 너무 일찍 일어나면 엄마 아빠에게 꾸중을 듣기 때문에 호기심을 누르면서 가만히 누워 있었다. 7시 15분 전, 나는 더 이상 참지 못하고 슬그머니 부엌으로 내려갔는데 귀여운 고양이 모르체가 나를 반갑게 맞아 주었다.

드디어 7시가 조금 지나서 부모님께 아침 인사를 하고는 서둘러 거실로 나가서 선물 꾸러미를 풀었다.

그때 가장 먼저 나온 선물이 키티, 바로 너야!

징말이지 너무나 근사한 일기장이었다.

그 밖에도 테이블 위에는 장미꽃 한 다발과 화분 하나, 모란

꽃도 있었다. 파란색 블라우스와 놀이 기구, 엄마가 만들어 놓은 딸기 파이, 힐데브란트의 단편집 ≪요지경≫이 있었다. 선물들을 정리하고 나서 한넬리와 함께 학교에 갔다. 쉬는 시간에는 반 아이들에게 쿠키를 나누어 주고, 수업이 끝난 후에는 친구들과 체육관에서 배구 경기를 했다. 경기가 끝나자 친구들이 나를 빙 둘러싸고 생일 축하 노래를 불러 주었다.

오후 5시쯤에 친한 친구 몇 명을 데리고 우리 집에 왔다. 특히 한넬리와 산네는 나와 더불어 삼총사라고 불리는 단짝 친구다. 이 친구들은 나에게 책을 선물했고, 친척 아주머니께서는 브로치를 선물로 주셨다.

야호, 신 난다!

날마다 오늘만 같아라.

1942년 6월 20일 토요일

며칠 동안 일기를 쓰지 않았다. 지금까지 일기라는 걸 써 본 적이 없을 뿐 아니라, 내 또래의 여자아이가 일기를 쓴다는 것이 왠지 쑥스럽다는 생각이 들었기 때문이다. 나 자신은 물론 그 누구라도 열세 살짜리 아이의 마음속 고백 같은 것에는 관심

이 없을 테니까. 하지만 그런 것은 아무래도 상관없다. 나는 정말로 내 마음 밑바닥에 있는 것까지 모두 이 일기장에 털어놓고 싶다.

'종이는 사람보다 참을성이 강하다.'는 속담이 있다.

내가 이 말을 생각해 낸 것은 괜스레 우울했던 어느 날의 일이다. 밖으로 놀러 나갈까, 아니면 집에 그냥 있을까, 그것을 결정하는 것조차도 귀찮아서 멍하니 턱을 괴고 앉아 있었다.

'그래, 종이라면 잘 참고 견뎌 줄 거야. 그리고 이 일기장은 남자든 여자든 진정한 친구가 아닌 이상 절대로 보여 주지 않을 거니까, 내가 여기에 무엇을 쓰든 신경 쓰는 사람은 아마도 없겠지?'

겨우 열세 살 된 여자아이가 이 세상에서 자기 혼자 사는 것 같은 외로움을 느낀다면 과연 믿을 사람이 있을까?

실은 나는 혼자가 아니다. 나에게는 사랑하는 부모님과 열여섯 살 된 언니가 있기 때문이다. 또 친구라고 부를 수 있는 사람도 서른 명쯤이나 되는걸!

남자 친구도 많이 있다. 그들은 앞다투어 내 눈길을 끌어 보려고 안달이다. 교실 벽에 걸린 거울을 통해 내 모습을 몰래 훔쳐보기도 한다. 내게는 친척도 많이 있다. 모두가 친절한 아저씨와 아주머니들이다. 그리고 멋진 집도 있다. 무엇 하나 부족

함이 없는 것처럼 보일 것이다.

그러나 이렇게 많은 친구가 있어도 난 늘 외롭다. 친구들하고는 그저 떠들고 농담을 주고받을 뿐, 그 이상의 사이는 아니기 때문이다. 아주 평범한 일 외에는 이들과는 도저히 말할 기분이 나지 않으니, 사람이 가깝게 지낸다는 것은 무척 힘든 일이라는 생각이 든다. 바로 이렇게 생각하는 나 자신이 문제지만 말이다.

그래서 앞으로는 일기장, 너를 내 마음의 친구로 삼아서 '키티'라는 이름으로 부를 거다. 하지만 내가 갑자기 무턱대고 키티에게 편지를 쓰기 시작하면 무척 놀랄 테니까, 우선 내 소개부터 간단히 해야겠지?

우리 아빠는 서른여섯 살 때 엄마와 결혼하셨는데, 엄마는 그때 스물다섯 살이셨대. 마르고트 언니는 1926년 독일 프랑크푸르트암마인에서 태어났고, 나는 1929년 6월 12일에 태어났어.

우리 가족은 유대 인이기 때문에 1933년 독일에서 이곳 네덜란드로 이주해 왔어. 독일의 독재자 히틀러가 유대 인을 심하게 탄압했기 때문이지 독일에 남은 다른 친척들은 히틀러의 유대 인 탄압 정책 때문에 불안한 생활을 하고 있었어.

1938년, 여기저기서 유대 인 학살 사건이 일어나자, 외삼촌 두 분은 미국으로 망명했대. 그래서 73세가 되신 외할머니께선 우리 집으로 오셔서 우리와 함께 살게 되었어.

1940년 5월부터는 마치 낭떠러지에서 바위가 굴러 떨어지듯이 상황이 급격히 나쁜 쪽으로만 치닫고 있었어.

전쟁이 터지고 네덜란드가 항복을 하자, 바로 독일군이 네덜란드로 들어왔어. 우리 유대 인들의 불행은 이때부터 본격적으로 시작되었어.

우리는 유대 인이라는 표시로 노란 별표를 가슴에 달고 살아야만 했어. 유대 인은 갖고 있던 자전거를 모두 관청에 갖다 바쳐야만 했고, 전차나 자가용을 이용할 수도 없고, 운전해서도 안 되었어.

유대 인은 오후 3시부터 5시 사이에만 가게에서 물건을 살 수가 있는데, 그것도 '유대 인 가게'라는 표시가 있는 곳에서만 사야 했어.

게다가 저녁 8시부터 아침 6시까지는 통행금지 시간이고, 극장이나 영화관, 그 밖의 오락장에 들어가는 것도 허용되지 않았어. 물론 유대 인은 일반 운동 경기에도 참가할 수 없으며 수영장과 하키 경기장, 기타 어떤 경기장도 출입이 금지된 상황이었어. 이 밖에도 유대 인의 자녀는 유대 인 학교에만 다녀야 한다는 등 금지하는 것이 너무나 많았어.

그래서 우리의 일상생활은 못하는 것투성이었어. 그렇다고 해서 살지 않고 죽을 수는 없으니 어찌하면 좋을까.

지난해의 내 생일날에는 외할머니께서 무척 편찮으셨기 때문에 제대로 생일 축하를 받지 못했어.

그 후, 할머니는 1942년 1월에 돌아가셨어. 하지만 외할머니는 지금까지도 내 가슴속에 살아 계셔. 내가 할머니를 얼마나 사랑하는지 아무도 모를 거야.

아, 올해 내 생일에는 그 어느 해보다도 푸짐하게 축하를 받았으니, 하늘나라에 계신 외할머니께서도 무척 기쁜 표정으로 바라보고 계시겠지.

1934년에 나는 몬테소리 유치원에 들어갔고, 초등학교도 거기서 다녔어. 그러다가 졸업을 앞두고 정든 선생님과 헤어지게 되었을 때, 나는 너무나도 슬퍼서 그만 엉엉 소리 내어 울고 말았어.

1941년에 마르고트 언니와 나는 유대 인 중학교에 들어갔어. 언니는 4학년이고, 나는 1학년이었어.

키티, 이제 우리 사이의 우정이 조금씩 싹트는 것 같구나.

내일 다시 만날 때까지 안녕!

1942년 6월 21일 일요일

내 일기장, 키티!

요즈음 우리 반 아이들은 모두 겁을 먹고 있어. 이제 곧 선생님들이 회의를 통해 학생들의 진급 문제를 결정하기 때문이지. 누가 진급하고 누가 낙제할 것이라는 등의 별별 소문이 다 나돌고 있어.

나는 바로 뒷자리의 두 남자아이 때문에 우스워서 견딜 수가 없어. 그 애들은 하루 종일 진급 회의 결과에 대해 용돈을 걸고 내기를 하기 때문이야.

"너는 진급할 거야."

"아냐, 난 떨어질 거야."

"걱정 마. 괜찮아."

미프가 좀 조용히 해 달라고 부탁을 하거나 내가 막 화를 내도 소용이 없어. 만약에 나더러 그 일을 결정하라고 한다면, 우리 반의 4분의 1은 낙제를 시켜야 할 것 같아. 아무리 가르쳐도 안 되는 학생들이 그만큼은 된다고 생각하거든.

그러나 선생님들은 세상에서 가장 변덕스러운 사람들이라서 이번에 또 어떤 변덕을 부리실지 모르겠어. 여자 친구들과 나는 그런대로 안심을 하고 있어. 나도 수학에서는 약간 떨어지지만 그럭저럭 무난히 진급할 것 같아.

우리를 가르치시는 선생님은 모두 아홉 분인데, 남자가 일곱

분이고 여자가 두 분이셔. 대부분의 선생님들은 나를 귀여워해 주시고.

하지만 나이 많으신 수학 선생님만큼은 나를 못마땅해 하시는 눈치야. 아마도 내가 너무 재잘거린다고 그러시는 것 같아. 하루는 나한테만 '수다쟁이'라는 제목으로 작문을 3장 써 오라고 숙제를 내주셨어. 수다쟁이라니, 정말이지 무엇을 어떻게 써야 할지 알 수가 없었어.

앞이 캄캄했지만 나중에 천천히 생각해 보기로 하고, 우선 제목부터 공책에 써 놓고는 앞으로는 될 수 있는 대로 수다를 떨지 않도록 노력해야겠다고 다짐했어.

그날 밤, 다른 숙제를 마치고 났을 때 공책에 써 둔 작문 제목이 눈에 띄었어. 나는 연필을 굴리면서 깊은 생각에 잠겼어.

글씨를 크게 해서 띄엄띄엄 쓴다면 그럭저럭 분량을 채울 수 있을 것 같았어. 그러나 분량이 중요하다기보다는 수다의 필요성을 한번 멋지게 증명해 보고 싶었어.

생각하던 끝에 마침내 좋은 글감이 떠올랐어. 생각나는 대로 한 편의 글을 시원하게 쓰고 나니 기분이 한결 가벼워졌어.

내 글짓기의 내용은 대충 이런 거야.

수다는 여성만이 가지고 있는 특성이다. 나는 가능하면

앞으로 수다를 떨지 않도록 노력하겠지만, 아마도 그런 습관은 좀처럼 고치기가 어려울 것이다. 왜냐하면 우리 엄마도 나보다 더 수다쟁이니까 말이다. 수다를 떠는 것도 유전인데, 내가 도대체 어떻게 할 수 있단 말인가?

이것을 읽고 나서 수학 선생님이신 케플러 선생님은 한바탕 크게 웃으셨어. 그러나 나는 다음 시간에도 여전히 수다를 떨었기 때문에 다시 작문 숙제를 받게 되었어.

이번에는 '고쳐지지 않는 수다쟁이 버릇'이라는 제목인데, 그것을 써서 내자 그 후로는 선생님께서 아무런 말씀도 하지 않으셨어. 그러나 세 번째 수업 시간에도 내가 떠들자, 선생님은 더 이상 참지 못하고 크게 소리쳤어.

"안 되겠네, 연거푸 수다를 떤 벌로 이번에는 '수다쟁이는 오리처럼 꽥꽥거립니다'라는 제목으로 작문을 써 오너라!"

이 말을 들은 아이들은 교실이 떠나갈 듯이 크게 웃음을 터뜨렸어.

나도 따라서 웃기는 했지만, 속으로는 이런 제목으로는 더 이상 쓸 이야깃거리가 없다고 생각하고 있었어. 이렇게 된 이상, 뭔가 새로운 방법을 생각해 내지 않으면 안 되었어.

그렇게 고민하고 있을 때, 시를 잘 쓰는 친구인 산네가 도와주겠다고 나섰어. 한 편의 시로 쓰면 된다는 것이지. 나는 펄쩍 펄쩍 뛰면서 좋아했어.

'케플러 선생님은 이런 어처구니없는 숙제를 내서 나를 골탕 먹이려고 했어. 그렇다면 이번에는 내가 멋지게 복수를 해 줘야 지. 두고 봐, 선생님을 아이들 앞에서 웃음거리로 만들어 놓을 테니까.'

마침내 시가 완성되었어. 아기 오리를 세 마리 거느린 엄마 오리와 아빠 백조 사이의 이야기인데 아주 멋진 시야. 아기 오 리들이 너무 시끄럽게 떠든다고 아빠 백조가 쪼아서 죽게 만든 다는 내용이야.

다행히 케플러 선생님께서도 그 뜻을 이해하셨는지, 선생님 은 해석까지 덧붙여 가며 옆 반에 가서 읽어 주시기도 했어.

그다음부터는 내가 수다를 떨어도 크게 꾸중하지 않았으며, 숙제도 내주지 않으셨어. 케플러 선생님은 지금도 나를 만나면 그 시 이야기를 꺼내며 웃으셔.

1942년 6월 24일 수요일

내 일기장, 키티!

오늘은 정말 찌는 듯이 무더운 날씨야. 가만히 앉아 있어도 몸이 축 늘어질 것만 같아.

우리는 이런 더위 속에서도 어디를 가든지 걸어서 다녀야만 해. 이럴 때 생각하면 전차란 얼마나 고마운 것인지 새삼 느끼게 돼.

그렇지만 우리 유대 인에게 전차는 허용되지 않는 사치품이 되고 말았어. 유대 인은 걸어서 다니는 것만으로도 고맙게 생각해야 된다는 나치 독재자의 뜻이야.

어제는 점심시간에 학교에서 멀리 떨어져 있는 치과 병원에 가야만 했어. 가는 도중에 너무 더워서 하마터면 쓰러질 뻔했어.

다행히도 그 병원의 간호사가 시원한 음료수를 주었어. 참 친절하고 마음이 고운 사람이었어.

부활절 휴가 동안에 나는 자전거를 도둑맞았어. 게다가 엄마의 자전거는 아빠가 알고 지내는 기독교 신자의 집에 맡겨 두었기 때문에 나는 걸어서 학교를 다녀야만 했는데, 매일 걸어서 학교 다니기가 너무 힘들었어.

하지만 이제 곧 여름방학이 시작되니까, 이런 고통도 앞으로 일주일만 견디면 끝나.

어제는 재미있는 일이 있었어. 자전거 보관소 옆을 지나가는데 누가 나를 불렀어. 돌아보니 그저께 밤에, 친구인 빌 마네 집에서 만났던 잘생긴 남자아이였어.

그 아이는 성큼성큼 나에게 다가오더니 '하리 골드베르크'라고 자신을 소개했어. 그러고는 만일 괜찮다면 자기와 함께 학교에 가지 않겠느냐고 말했어. 그 말에 나는 어차피 같은 방향이니까 좋다고 말했어.

하리는 열여섯 살인데, 여러 가지 재미있는 이야기를 많이 알고 있었어. 그 애는 오늘 아침에도 길목에서 나를 기다려 주었고, 앞으로도 계속 그럴 것 같아.

1942년 6월 30일 화요일

키티!

그동안 너에게 편지 쓸 시간이 없었어.

그 후로 하리와 나는 꽤 친해졌어. 하리는 가족과 떨어져서 네덜란드에서 할머니 할아버지와 함께 살고 있다고 했어. 부모님은 벨기에에 계시고.

하리한테는 화니라는 여자 친구가 있는데, 화니는 얌전하기는 하지만 조금은 멍청한 아이 같았어. 하리는 나를 만난 뒤에, 자기가 착각하고 있었다는 걸 깨달았다고 했어.

그런 하리한테서 전화가 온 건 저녁 무렵이었어. 내가 전화를 받았는데, 10분 뒤에 우리 집으로 온다고 해서 나는 허락했어.

나는 수화기를 놓자마자 옷을 갈아입고 머리를 빗었어. 그리고 창가에 서서 하리가 나타나기를 기다렸어. 잠시 뒤 하리가 걸어오는 모습이 보였어. 나는 뛰어가고 싶은 걸 꾹 참았어.

우리는 현관문 앞에서 이야기를 나누었어.

"안네야, 우리 할머니께서는 네가 아직 어리니까 자주 만나지 말라고 하셨어. 하지만 난 화니를 만나고 싶지 않아."

"왜? 화니하고 싸우기라도 했니?"

"아니, 그런 건 아냐. 할머니께서는 내가 너를 만나는 것보다 화니와 만나기를 원하신단 말이야."

"할머니가 싫어하시는데 만나는 건 옳지 않아."

우리가 이런 이야기를 나누고 있을 때, 페터 베셀이 지나갔어.

"오랜만이야, 안네. 그동안 잘 지냈니?"

페터가 인사를 건넸어. 오랫동안 못 만나서 그런지 나도 몹시 반가웠어.

1942년 7월 5일 일요일 아침

키티!

지난 금요일에 유대 인 극장에서 시험 성적이 발표되었어. 내 성적은 예상했던 것보다 좋았어. 만점이 한 과목이었고, 수학이 5점이었어. 그 밖에 6점이 두 과목이었고, 나머지는 모두 7점과 8점이었어. 우리 가족은 모두 기뻐해 주었어.

그러나 우리 부모님은 다른 부모님과 달라서 학교 성적에 대해서는 그다지 크게 신경 쓰지 않는 편이야. 건강한 몸으로 웃으며 잘 지내고, 너무 까불지만 않는다면 그것으로 만족하시는 분들이야. 그리고 그 밖의 일들은 어떻게든 되겠지 하는 식으로 생각하는 낙천적인 성격이시지.

하지만 내 성격은 우리 부모님과 반대야. 결코 열등생이 되고 싶지는 않기 때문이야.

사실 몬테소리 학교의 7학년으로 남아 있어야 했는데, 조르고 졸라서 지금의 유대 인 중학교로 편입해 온 것도 순전히 내 욕심 때문이야. 지금 유대 인 중학교의 교장 선생님으로부터 까다로운 조건으로 입학을 허락받았던 거야.

내가 최선을 다할 것으로 기대하고 입학시켜 준 것이니까 그분을 실망시키지는 않아야겠지.

마르고트 언니의 성적도 발표되었는데, 여느 때와 같이 좋은 성적이었어. 우리 학교에 우등생 제도가 있다면 언니는 당연히 우등상을 받을 거야. 언니는 머리가 특별히 좋으니까 말이야.

아빠는 요즘 집에 계시는 날이 많아졌어. 회사에 가도 일이 없다는 거야. 아빠는 자기가 쓸모없는 사람처럼 보이는 것에 대해 틀림없이 우울해 하고 계실 거야.

며칠 전, 아빠와 함께 집 근처의 공원을 산책했어.

그런데 아빠가 낮은 목소리로 우리가 숨어서 살아야 할 것 같다는 이야기를 하셨어. 나는 도대체 무슨 까닭이냐고 꼬치꼬치 물었어.

"잘 들어라, 안네. 우리가 오래전부터 식량과 가구 따위를 다른 곳으로 옮기고 있다는 것은 너도 눈치채고 있겠지? 유대 인이라는 이유로 우리 재산을 독일군에게 몰수당하는 것도 억울하지만, 우리가 붙잡히는 일은 더욱 불행한 일이란다. 그러니 붙잡으러 오기 전에 우리가 먼저 손을 써서 자취를 감추어 버리자는 거야."

아빠의 말투는 꽤 심각했어. 그래서 나도 은근히 걱정이 되었어.

"그게 언제쯤이죠?"

"너는 걱정할 것 없단다. 엄마와 내가 다 알아서 할 테니까, 너희는 하루하루의 생활에 충실하면 된단다."

아빠의 이야기는 이것으로 끝났어.

아아, 하느님!
아빠의 말씀이 아득히 먼 훗날의 일이 되게 해 주세요, 제발!

비 내리는 날, 은신처를 찾아서

1942년 7월 8일 수요일

키티!

일요일부터 오늘까지가 내게는 마치 몇 년의 시간이 흐른 것처럼 아득하게 느껴져. 여러 가지 엄청난 일이 한꺼번에 일어나서 마치 온 세상이 발칵 뒤집힌 것 같아.

그렇지만 키티, 나는 아직 이렇게 살아 있어! 아빠는 우리가 어떤 어려움 속에서라도 살아 있다는 사실이 가장 중요한 거라고 말씀하셨어.

그래, 난 확실히 아직은 살아 있어. 하지만 어디에서 어떻게 살고 있는지 그건 제발 묻지 말아 줘. 들어 봤자 전혀 이해하지 못할 테니까 말이야.

아무튼 일요일 오후에 일어났던 일부터 말해 보기로 할게.

오후 3시에, 누군가가 우리 집 현관 벨을 울렸어.

그때, 나는 베란다에 누워 나른하게 일광욕을 즐기면서 책을 읽고 있었기 때문에 벨 소리를 듣지 못했어. 그런데 마르고트 언니가 숨을 헐떡이면서 부엌문으로 뛰어 들어와 소리를 낮추어 말했어.

"아까 나치 친위대에서 아빠에게 소환장을 보내왔어. 그래서 엄마는 급히 판단 아저씨에게 의논하러 가셨고."

판단 아저씨는 아빠의 절친한 친구이자 회사 동료야.

나는 언니의 말에 큰 충격을 받았어. 소환장이라니!

그것이 무엇을 의미하는지 모르는 사람은 없어. 우리 아빠가 강제 수용소나 차디찬 감옥으로 보내진다면! 아아, 어떻게 아빠를 그런 곳에 보낼 수 있을까?

엄마가 돌아오기를 기다리는 동안에 언니가 말했어.

"물론 아빠가 잡혀가도록 내버려 두지는 않아. 엄마는 우리가 내일이라도 당장 어디 다른 데로 옮겨 가서 숨어 사는 게 낫다고 그러셨어. 그 방법을 의논하러 판단 아저씨에게 가신 거야. 만약에 이곳을 떠난다면 판단 아저씨네 가족도 함께 가기로 되어 있으니까 모두 일곱 명이 되는 셈이지."

나와 언니는 더 이상 할 말이 없었어. 아빠에게 닥칠 일을 생각하니 아무것도 생각나지 않았어.

이런 것도 모르고 아빠는 유대 인 요양소로 친척 병문안을 가셨어. 엄마가 돌아오기를 초조하게 기다리면서 언니와 나는 가슴을 졸이고 있었어. 그때, 갑자기 벨이 울렸어.

"하리일 거야!"

내가 일어서자 언니가 문을 열지 못하게 얼른 막아섰어.

"안네, 이런 때 함부로 문을 열면 안 돼!"

언니가 말렸지만 어차피 달려 나갈 필요는 없었어. 엄마와 판단 아저씨가 아래층에서 이야기하고 있는 소리가 들렸기 때문이야. 두 사람은 안으로 들어와서 곧장 문을 닫았어.

그 후로는 벨이 울릴 때마다 언니와 나는 깜짝 놀라서 층계를 뛰어 내려가 아빠인지를 확인했어. 아빠가 아니라면 현관문을 열어 주지 않을 생각이었어.

판단 아저씨는 나와 언니에게 잠깐 다른 방으로 가 있으라고 했어. 엄마와 둘이서만 나눌 이야기가 있다는 것이었어.

언니와 나는 둘이서 침실에 있었어. 잠시 후에 언니가 무겁게 입을 열었어. 소환장은 아빠한테 온 게 아니라 바로 자기에게 온 거라고 말해 주었어.

그 말을 듣는 순간, 나는 덜컥 겁이 나서 그만 훌쩍거리며 울었어.

언니는 이제 열여섯 살이야. 이런 소녀를 끌고 가서 도대체 무엇을 하겠다는 것일까.

언젠가 엄마가 들려주었던 말이 떠올랐어. 마르고트를 절대로 보낼 수 없다는. 그리고 언젠가는 숨어서 살아야 할 거라고 하던 아빠의 말도 떠올랐어.

숨어서 산다면……. 그렇다면 어디에 숨을 수 있을까? 도시 한가운데, 아니면 시골? 벽돌집일까, 아니면 오막살이집일까? 언제, 어떻게……. 궁금증이 끝도 없이 일어났지만, 그렇다고 일일이 물어볼 수도 없었어.

나와 언니는 우선 아끼는 물건들을 가방에 넣기 시작했어. 내가 가장 먼저 가방에 넣은 것은 바로 이 일기장이야. 머리핀, 손수건, 교과서, 머리빗, 편지도 챙겨 넣었어.

앞으로 숨어서 살 것을 생각하면 아무 쓸모없는 것들을 넣은 셈이지. 하지만 후회는 하지 않을 거야. 나에게는 입는 옷보다도 추억이 더욱 소중하니까.

아빠는 오후 5시가 되어서야 집에 돌아오셨어. 오시자마자 클레이만 씨에게 전화를 걸어서 오늘 밤 우리 집에 와 달라고 부탁했어.

한편, 판단 아저씨는 미프를 부르러 갔어. 미프는 1933년부터 아빠와 함께 일해 온 분으로 지금은 친한 친구가 되어 있어.

얼마 전에 결혼한 그녀의 남편 헹크 씨도 마찬가지야.

미프와 헹크 씨는 오자마자 우리 가족의 구두와 옷과 코트, 내의와 양말 따위를 가방에 챙기고는 밤에 다시 한 번 오겠다고 말한 후에 돌아갔어.

미프가 나가자 집 안이 갑자기 조용해졌어. 모두들 입맛을 잃고 말았어. 게다가 날씨는 후텁지근했고, 모든 것이 아주 이상하게 느껴졌어.

우리 집은 그동안 2층의 넓은 방 하나를 하우트슈미트 씨라는 사람에게 빌려 주고 있었어. 그는 혼자 사는 30대 남자인데, 이날 밤에는 아무것도 할 일이 없었던 모양이야. 그가 아래층에 내려와 서성거리고 있는 것을 억지로 쫓아 버릴 수도 없어서, 결국은 10시경까지 그대로 내버려 두었어.

밤 11시가 되자 미프와 그녀의 남편이 다시 왔어. 그들은 남은 구두와 양말, 책, 내의 등을 가방과 큰 자루 속에 급히 쑤셔 넣고는 삼십 분 만에 다시 돌아갔어.

나는 몹시 지쳐 있었으므로, 이것이 내 침대에서 자는 마지막 밤이라는 것을 알면서도 곤하게 잠들고 말았어.

눈을 뜬 것은 다음 날 아침 다섯 시 반, 그것도 엄마가 깨워 주었어. 다행히 일요일만큼 날씨가 무덥지 않았고, 하루 종일 비가 내렸어.

될 수 있는 대로 많은 옷을 가져가려는 생각으로, 우리 가족은 마치 북극 탐험이라도 떠나는 사람들처럼 옷을 두껍게 껴입었어. 우리 같은 유대 인이 옷이 잔뜩 든 가방을 들고 밖에 나간다는 것은 위험한 일이니까.

나는 내의를 두 벌이나 껴입고 팬티를 석 장이나 입은 위에 원피스를 입고 다시 그 위에 스커트와 재킷, 여름 코트를 겹쳐 입었어.

그리고 양말 두 켤레에 목이 긴 구두와 털모자와 스카프 등 정말로 셀 수 없을 만큼 많이 껴입었어.

그 바람에 집을 나서기도 전에 숨이 막힐 지경이었어. 우리가 옷을 챙겨 가지고 나가는 걸 아무도 눈치채지 못한 게 그나마 천만다행이었어.

언니는 책가방에 교과서를 가득 담고는 자전거를 타고 미프를 따라서 어디론가 먼저 떠났어. 나는 그때까지도 우리가 숨어 살 집이 어디에 있는지 몰랐어. 일곱 시 반에, 남은 세 사람은 집을 나서며 조심스럽게 문을 닫았어.

내기 작별 인사를 한 것은 고양이 모르체뿐이었어. 모르체는 어떤 이웃에게 가더라도 귀여움을 받을 거야.

나는 하우트슈미트 씨에게 편지를 써서 모르체를 부탁했어.

부엌에는 고양이를 위해 남겨 둔 고기가 1파운드 정도 남아 있었고, 식탁에는 아침 식사 때 쓴 그릇들이 그대로 있었어. 침대도 이불이 벗겨져 있었고 모든 것이 우리가 허겁지겁 떠났다는 인상을 주겠지만, 그런 것은 아무래도 상관없어. 이곳을 무사히 빠져나가서 안전한 곳으로 가고 싶은 생각뿐이야.

1942년 7월 9일 목요일

키티!

아빠와 엄마, 그리고 나는 세찬 비를 맞으며 거리를 걸었어. 손에는 각각 책가방과 쇼핑백을 들고 있었는데, 거기에는 손에 잡히는 대로 집어넣은 물건들이 넘칠 만큼 들어 있었어.

출근길에서 마주친 사람들은 우리를 딱하다는 눈빛으로 쳐다보고 있었어. 무거운 짐을 든 우리를 차에 태워 주지 못해서 몹시 안타까워하는 것을 그 표정으로 알 수 있었어. 또렷하게 눈에 띄는 가슴의 노란색 별표가 사람 사이의 인정까지도 막아 버린 셈이지.

큰 거리로 나오면서부터 아빠는 차근차근 이번 계획에 대하여 나에게 설명해 주셨어.

이미 오래전부터 가능한 한 많은 가구와 생활에 필요한 물건들을 비밀 장소에 옮겨 놓았고, 제법 준비가 잘 되어서 오는 16일쯤에 그곳으로 떠날 계획이었대.

그런데 갑자기 소환장이 날아드는 바람에 예정을 열흘 정도 앞당기게 되었으며, 그 바람에 준비가 완전하지는 못 하지만 우선 피해야 한다는 것이었어.

우리가 숨어 살 곳은 바로 아빠의 사무실이 있는 건물이었어. 그곳은 사람들이 그다지 많지 않은 곳이야.

퀴흘레르 씨, 클레이만 씨, 미프, 그리고 스물세 살의 타자수 베프콰일, 이 네 사람뿐이야. 그들은 우리 가족이 온다는 것을 미리 알고 있었나 봐. 그러나 베프의 아버지인 포스콰일 씨와 창고에서 일하는 두 청년에게는 비밀로 하자고 약속했어.

그 건물에 대해서 설명하자면, 이렇다.

1층은 큰 점포 겸 창고로 쓰고 있어. 건물의 현관은 이 점포의 입구 옆에 있으며, 안으로 들어가면 또 하나의 입구가 계단으로 이어져. 그 계단을 올라가면 바로 오른쪽으로 문이 있는데, 그 문의 반투명 유리에는 검은 글씨로 '사무실'이라고 쓰여 있어. 여기가 가징 큰 공간인데, 아주 넓고 햇빛이 잘 들며 모든 사무 집기가 갖추어져 있어.

그 옆에 금고와 옷장과 큰 선반이 있는 어둡고 좁은 방이 있고, 또 그 안쪽에 통풍조차 잘 안 되는 침침한 방이 있어.

전에는 퀴흘레르 씨와 판단 아저씨가 이 방을 썼지만, 지금은 퀴흘레르 씨 혼자서 계셔. 이 방은 복도에서도 들어갈 수 있는데, 유리문은 안쪽에서는 열 수 있지만 바깥쪽에서는 좀처럼 열리지 않도록 설계되어 있어.

퀴흘레르 씨의 사무실에서 석탄 창고를 지나 긴 복도를 따라가면 끝에 계단 4개가 나와 이 건물에서 가장 좋은 방으로 통하는데, 이곳이 바로 사장실이야.

검은색으로 치장된 품위 있는 가구, 융단을 깐 바닥, 라디오, 화려한 조명 시설 등 무엇이든 최고급품으로 장식되어 있어.

옆에는 부엌이 있고, 그 옆에는 화장실이 있어. 이것이 2층의 내부 모습이야. 아래층 복도에서부터 이어져 있는 나무 계단을 올라가면 3층의 좁은 층계참이 복도 역할을 대신해 주고 있어. 층계참 양쪽에 문이 있는데 왼쪽 문을 열면 복도가 나오고, 집의 정면을 향하고 있는 창고 3개와 다락방 계단으로 통해.

이 복도 끝에는 네덜란드식의 가파른 계단이 있는데, 내려가면 바로 거리로 통하는 입구가 나와.

층계참의 오른쪽 문이 바로 우리의 '비밀 장소'로 통하는 입구야. 비밀 장소에 들어서면 입구 맞은편에 가파른 계단이 있어. 왼쪽 통로로 가면 우리 프랑크 가족의 거실 겸 침실이 있고, 그 옆의 작은 방이 나와 마르고트 언니의 공부방 겸 침실이야.

계단 오른쪽에는 작은 화장실이 딸린 창 없는 좁은 방이 하나 있는데, 거기에 또 하나의 문이 우리 자매의 방으로 연결되어 있어.

아마 계단을 올라가서 맞은편 문을 열어 보면 누구나 깜짝 놀랄 겨야. 이런 낡은 집에 운하가 내려다보이는 밝고 큰 방이 있으리라고 도저히 믿을 수가 없을 테니까 말이야. 이 밤이 앞으로 판단 아저씨네 부엌인 동시에 우리 두 가족의 거실 겸 식당으로 쓰일 곳이야. 그 옆의 통로를 겸한 작은 방이 페터의 방이고, 이 외에도 커다란 다락방이 하나 더 있어.

자, 어때? 지금까지 소개한 것이 우리가 앞으로 살아갈 슬프면서도 멋진 은신처의 실체야.

1942년 7월 10일 금요일

키티!

우리의 비밀 장소에 대한 설명이 길어서 지루했을 테지? 그래도 우리가 어떤 곳에 자리를 잡았는지를 꼭 알려 주고 싶었어. 그러나 아직 이야기는 끝나지 않았어.

우리 세 사람이 은신처에 도착한 다음부터의 이야기야.

그곳에 미리 도착한 미프가 우리를 재빨리 안내해 주었어. 뒤를 돌아볼 겨를도 없이 비밀 장소에 들어서자마자 미프는 얼른 문을 닫았어. 그래서 건물 안에는 우리 가족만 남게 되었어.

마르고트 언니는 자전거를 타고 먼저 떠났기 때문에 벌써 도착하여 우리를 기다리고 있었어. 둘러보니 방이란 방은 모두 발 디딜 틈 없이 물건들이 어지러이 나뒹굴고 있었어. 몇 달 전부터 조금씩 옮겨 온 짐이 산더미같이 쌓여 있어서 천장까지 닿을 것 같았어.

오늘 밤 침대에서 편하게 자려면 곧바로 짐을 정리해야 했지만, 엄마와 언니는 기운이 다 빠졌는지 말없이 눕고 말았어.

나도 슬프고 처량한 기분이 들었어. 그러나 청소 대장인 아빠와 나는 곧 힘을 내서 청소를 하기 시작했어. 그날은 하루 종일 짐을 풀어서 정리하느라고 얼마나 고단하던지! 그렇지만 덕분에 그날 밤에는 모두 깨끗한 침대에 편안하게 누울 수가 있었어.

아침부터 따뜻한 음식이라곤 입에 대지 못했지만, 아무도 불평하지 않았어. 엄마와 언니는 걱정과 긴장 탓에 식욕을 잃었고, 아빠와 나는 너무 바빠서 식사를 챙길 겨를이 없었어.

화요일에는 이른 아침부터 모두 힘을 모아서 그 전날 하던 일을 마저 정리했어. 베프와 미프는 우리를 대신하여 배급을 타러 갔고, 아빠는 등화관제용 검은 커튼을 치고 부엌 바닥을 닦는 일로 바빴어. 모두들 정말 눈코 뜰 새 없이 바쁘게 움직였어다.

수요일이 되어서야 겨우 내 생활에 일어난 커다란 변화에 대해 생각해 볼 여유가 그나마 생겼어.

이제 앞으로 어떤 일들이 일어날 것인가에 대해 생각해 볼 차례야.

1942년 7월 11일 토요일

사랑하는 키티!

이곳에는 15분마다 시간을 알려 주는 교회의 시계탑이 있어. 아빠와 엄마, 언니는 그 종소리가 귀에 거슬린다고 늘 불평이야.

그러나 나는 괜찮아. 처음부터 그 종소리가 마음에 들었고, 특히 밤에는 그 종소리가 진실한 친구 같은 느낌마저 들어.

키티, 너는 어쩌면 우리처럼 숨어서 산다는 것이 어떤 기분일지 잘 모를 거야. 솔직히 말하면 나도 아직은 잘 모르겠어.

이 집에서는 편안함을 누리지는 못 하겠지만, 그렇다고 여기가 꼭 싫은 것도 아니니까 말이야. 뭐라고 말할까, 아주 색다른 별장에서 잠시 휴가를 보내고 있는 기분이라고나 할까.

어처구니없이 들릴지 모르지만 그게 솔직한 내 마음이야.

어쩌면 이렇게 숨어 살기에 알맞은 장소가 있을까! 마루가 약간 기울었고 습기가 심하기는 하지만, 이토록 은신하기에 좋은 방은 암스테르담을 모조리 뒤져도 찾지 못할 거야.

아니, 네덜란드를 온통 다 뒤져도 찾을 수 없을 거야!

우리 자매의 작은 방은 처음에는 장식도 없이 몹시 썰렁했어. 다행히 내가 모아 둔 영화배우 사진과 그림엽서들을 아빠가 벽에 붙여 주셔서 제법 멋지게 꾸밀 수 있었어.

이제는 엄마와 언니도 어느 정도 기운을 되찾았나 봐. 엄마는 어제 수프를 만들려고 하다가, 아래층에 내려가서 수다를 떠느라고 냄비를 불에 올려놓은 것을 잊어버려서 콩이 새까맣게 타서 냄비에 눌어붙어 버렸어.

어젯밤 우리 네 식구는 2층에 있는 방에서 라디오를 들었어. 나는 누가 엿들을지도 모른다는 생각에 겁이 나서 빨리 3층으로 돌아가자고 아빠를 졸랐어.

이웃 사람들이 우리 얘기를 엿듣기라도 하면, 우리가 숨어 사는 것이 발각되지 않을까 몹시 신경이 쓰였기 때문이야.

그래서 여기에 도착하자마자 커튼부터 만들었어. 하지만 그것은 여기저기 굴러다니는 천 조각들을 모아서 아빠와 내가 대충 꿰매 붙인 우스꽝스러운 거야. 그래도 압정으로 단단히 박아 놓았으니 떨어질 염려는 없어.

오른쪽에는 커다란 회사 건물이 있고, 왼쪽에는 가구 공장이 있어. 근무 시간이 지나면 공장에 아무도 남아 있지 않겠지만, 그래도 소리는 벽을 타고 전달되기 때문에 조심해야 해.

그래서 언니가 독감에 걸렸을 때마저 기침 소리가 밖으로 새어 나가지 않도록 기침약을 많이 먹어야만 했어.

며칠 있으면 판단 아저씨네 가족이 이곳으로 와. 나는 판단 아저씨 가족이 온다는 화요일이 몹시 기다려져. 이웃이 생기면 이보다는 좀 더 재미있을 것 같기 때문이지.

저녁 무렵이 되면 갑자기 사방이 쥐 죽은 듯이 고요해지는 것이 나는 두려워.

누군가 우리를 지켜 줄 사람이 이곳에서 함께 지낸다면 얼마나 좋을까!

1942년 7월 12일 일요일

불과 한 달 전까지만 해도 우리 가족은 내 생일이라고 모두들 잘해 주었어. 그런데 지금은 엄마와 언니에게 상당한 거리감을 느끼고 있어.

생각하면 할수록 엄마는 언니와 나를 너무 많이 차별하시는 것 같아. 며칠 전에는 언니가 전기를 잘못 다루는 바람에 우리 가족은 하루 종일 전등을 켜지 못하고 지낸 적이 있었어.

"오오, 괜찮다. 마르고트, 네가 전기 기술자도 아닌 걸 어쩌겠니!"

언니한테는 이렇게 너그러우신 엄마지만, 내가 실수한 일에 대해서는 지독하게 잔소리를 늘어놓으셔.

나는 엄마나 언니하고는 마음이 맞지 않는 게 분명해.

가끔씩이라도 나를 이해해 주는 사람은 아빠야. 그러나 간혹 많은 손님 앞에서 날더러 울보라거나 말괄량이라고 말할 때는 아빠마저 미워져.

키티, 나는 우울해질 때마다 귀여운 고양이 모르체를 생각해다. 이렇게 쓸쓸한 기분이 들 때, 그 고양이가 내 곁에 있어 주면 얼마나 위안이 될까!

나는 가끔 모르체를 다시 데려올 수 있는 방법이 없을까 하고 생각하곤 해. 그러나 전쟁이 끝날 때까지는 헛된 꿈일 수밖에 없다는 것을 나는 알고 있어.

판단 아저씨네 가족

1942년 8월 14일 금요일

키티!

내 소중한 일기장 키티에게 한 달 동안이나 소식을 전하지 못했구나.

그동안에는 별다른 사건이나 재미있는 일을 찾을 수가 없었기 때문에 그랬어.

아, 빠뜨릴 수 없는 중요한 일이 한 가지 있어! 판단 아저씨네 가족이 7월 13일에 이곳에 왔어. 원래는 14일에 올 예정이었는데, 독일군이 마구잡이로 소환장을 보내는 바람에 유대 인들 사이에는 불안이 감돌았다고 해. 그래서 판단 아저씨네 가족도 부랴부랴 예정을 하루 앞당길 수밖에 없었던 거야.

아침 9시 30분쯤이었나, 아침을 먹고 있는데 판단 아저씨의 아들인 페터가 먼저 왔어. 페터는 열여섯 살인데, 약간은 맹맹하고 수줍음을 잘 타는 남자아이야.

이건 내 느낌일 뿐이지만, 그다지 재미있는 놀이 상대가 될 것 같지는 않아. 그는 모시라는 이름의 고양이를 한 마리 데리고 왔어.

그로부터 30분쯤 뒤에 판단 아저씨 부부가 왔는데, 아주머니가 커다란 침실용 요강을 모자 상자에 넣어 가지고 온 것을 보고 나는 한참이나 웃었어.

"난 어디를 가나 이것이 없으면 마음이 놓이지 않아."

판단 부인은 가져온 요강을 놓을 장소를 이리저리 궁리하다가 결국 침대 밑에 두기로 했어.

판단 아저씨 가족이 온 날부터 우리는 함께 식사를 했고, 며칠 지나지 않아서 일곱 명이 한 집안 식구처럼 지내게 되었어.

판단 아저씨 가족은 우리 가족이 이곳에 온 다음 바깥세상에서 일어났던 일들을 자세하게 말해 주었어.

그중에서 가장 재미있는 것은, 전에 살던 집과 하우트슈미트 씨에 관한 이야기였어.

"안네네 가족이 떠나 버린 날 아침, 하우트슈미트 씨가 나에게 전화를 했더군요. 다급한 목소리에 달려가 보니 몹시 흥분해 있었어요. 남겨 놓은 편지를 나한테 보여 주며, 거기에 써 있는 대로 고양이를 이웃집에 데려다 주고 싶다는 거였어요. 나는 일단 안심했지요. 그가 가택 수색을 당하지 않을까 염려가 된다고 하기에 나도 그와 함께 방을 정돈했어요. 그러다가 문득 부인의 책상에서 마스트리히트의 주소가 적혀 있는 쪽지를 발견했어요. 나는 일부러 그랬다는 걸 알았지만, 깜짝 놀란 표정으로 하우트슈미트 씨에게 그 불길한 종이를 찢어 버리라고 말했어요. 나는 모든 일을 모른 척하고 있었는데, 그 종이를 보고 좋은 생각이 떠올랐어요. 그래서 하우트슈미트 씨에게 그 주소가 누구의 주소인지 생각이 났다고 말했지요. 한 6개월 전에 회사로 어떤 독일군 장교가 찾아온 일이 있었는데, 프랑크 씨와 대단히 친한 모양인지 무슨 일이 생기면 언제든지 도와주겠다고 했다고 말입니다. 그리고 그 장교가 마스트리히트에 주재하고 있기 때문에 프랑크 씨 가족을 벨기에로 보내 거기서 다시 스위스로 가도록 했을 거라고 말했어요. 그러니 만일 친구들이 묻는다면 그렇게 말해 주자고 했죠. 물론 마스트리히트란 말은 빼고 말입니다. 그렇게 발하고 하우트슈미트 씨와 헤어졌어요. 친구들은 대부분 프랑크 씨 가족에 관한 얘기를 그렇게 알고 있더군요. 물어보지 않았는데도 나에게 프랑크 씨 가족 이야기를 들려준 사람이 많으니까요."

이야기도 몹시 재미있었지만, 판단 아저씨가 우리 가족에 대해 떠도는 소문을 이야기했을 때는 우리 식구 모두 배를 움켜잡고 웃었어.

정말이지 사람들은 제멋대로 상상을 하는가 봐.

어떤 사람은 우리 자매가 이른 아침에 자전거를 타고 가는 것을 보았다고 하고, 또 어떤 아주머니는 우리 가족이 한밤중에 군용차에 실려서 끌려가는 것을 보았다고 했다지 않아.

1942년 8월 21일 금요일

키티!

우리의 은신처 입구는 정말로 교묘하게 가려져 있어. 퀴흘레르 씨가 요즈음에는 집안 수색을 하는 일이 잦으니 문 앞에 책장을 놓는 것이 안전하다고 말해 주었어. 그래서 만든 것인데, 이것은 움직일 수 있는 책장으로 말하자면 회전문과도 같은 거야. 이 작업은 모두 포스콰일 씨가 맡아서 해 주었어.

그래서 아래층으로 내려가려면 허리를 잔뜩 구부리고 통과해야만 해. 처음 사흘 동안은 모두들 낮은 문틀에 이마를 부딪쳐 혹투성이가 되기 일쑤였어. 그래서 아빠가 톱밥을 넣은 주머</p>

니를 문틀에 붙여 놓아서 이제 그런 일은 없어졌어.

나는 요즈음 별로 공부를 하지 않아. 아예 9월까지를 여름방학으로 정해 두었어. 9월이 되면 아빠가 공부를 가르쳐 주신다고 했지만 교과서조차 준비하지 못했어.

엄마는 이따금 나를 어린아이 취급을 해서 참기 힘들 때가 많아. 그 밖의 일은 그런 대로 조금씩 나아지고 있다고 해야겠지.

참, 페터의 성격은 아직까지도 이해가 안 되는 편이야. 반나절은 빈둥빈둥 침대에 누워 있고, 목공 일을 잠깐 하는가 싶다가도 어느새 다시 침대에 들어가서 낮잠을 자. 페터는 내가 보기에 정말 바보처럼 보여.

요즘은 날씨가 아주 좋아. 우리 가족은 불편한 다락방의 조립식 침대에 누워서 창으로 들어오는 햇볕과 바람을 고마운 마음으로 맞아들이고 있어. 될 수 있으면 생활은 즐거워야 하니까.

1942년 9월 28일 월요일

왜 어른들은 대수롭지 않은 일로 말다툼을 하는지 모르겠어. 판단 아저씨와 아주머니가 크게 싸우셨어.

나는 말다툼 같은 것은 아이들이나 하는 짓인 줄 알았어. 때로는 분명히 싸워야 할 이유가 있는 경우도 있지만, 어른들이 하는 것은 참으로 시시한 말다툼에 지나지 않는 것 같아.

더구나 그 대부분의 내용이 나를 둘러싼 화제인 이상, 나는 결코 무시할 수 없어.

어른들의 말대로라면, 나에게는 무엇 하나 좋은 점이 없다는 거야. 나의 인상, 성격, 태도는 하나에서 열까지 모두 그들의 화젯거리가 되니 어쩌면 좋단 말인가.

두고 보라지. 이 안네 프랑크는 결코 만만한 갓난아이가 아니라는 것을 어른들이 깨닫도록 해 줄 작정이니까.

그들이 말하는 것처럼 내가 그렇게 버릇없고, 고집이 세고, 잘난 체하고, 또 바보스럽고, 게으름뱅이일까? 물론 나에게도 결점은 있어. 하지만 사람들은 너무 심하게 표현을 해.

키티, 내가 이렇게 바보 취급을 당할 때 내 가슴은 부글부글 끓고 있다는 걸 너만은 알아주었으면 좋겠어. 참을 만큼 참다가 언젠가는 내 감정이 폭발하고 말 거야.

이런 이야기를 하는 것은 나도 싫증이 나.

식탁에서 아주 재미있는 일이 있었어. 이야기를 하는 도중에 핌(아빠의 애칭)이 너무 겸손하다는 것이 화제가 되었어.

우리 아빠가 겸손하다는 것은 누구든지 인정하고도 남을 일이기 때문이야. 그런데 그때 판단 아주머니가 불쑥 끼어들면서

말했어.

"나도 우리 집 양반보다는 훨씬 겸손한 성격인데."

기가 막혔어. 그렇게 말하는 것만 봐도 판단 아주머니가 얼마나 잘난 척하는 사람인가를 증명하는 셈이지?

판단 아저씨가 말했어.

"나는 겸손하게 생활하고 싶지 않아. 내가 살아온 경험으로는 그런 게 어울리지도 않고."

그러더니 다시 나를 바라보았어.

"그렇지 않니, 안네? 겸손한 것만이 꼭 좋은 건 아니란다. 지나친 겸손 때문에 손해를 보는 경우가 있거든."

엄마도 판단 아저씨에 대한 의견에는 찬성했지만, 판단 아주머니는 기어코 엄마와 아빠에 대한 비판 한마디를 더 보탰어.

"댁에서는 이상한 가치관을 가지고 있군요. 그런 식으로 안네를 부추기다니……. 내가 어렸을 때는 전혀 그렇지 않았어요. 아마 품위를 지키는 집안이라면 지금도 그럴걸요."

이거야말로 딸을 키우는 방법에 대해 우리 엄마의 생각을 정면으로 공격한 거야.

이렇게 말하면서 판단 아주머니의 얼굴은 벌겋게 달아올라 있었어.

그러나 엄마는 무척 냉정하게 처신했어. 금방 흥분하거나 화를 내는 사람은 이런 경우에 손해를 보게 돼. 엄마는 이 이야기를 빨리 매듭짓고 싶다는 듯 태연스럽게 말을 이었어.

"나도 지나치게 겸손한 것은 세상을 살아가는 데 좋다고 생각하지는 않아요. 아시다시피 우리 바깥주인과 마르고트, 페터 등은 너무 소극적이고 겸손해서 손해를 보는 편이지요. 그러나 댁의 내외분과 안네, 그리고 저는 그다지 겸손한 편이 아니지만 세상을 적극적으로 살아가려고 노력하잖아요."

"어머나, 부인. 이상한 말씀을 다 하시네요. 내가 얼마나 겸손하고 내성적인데……."

"뭐, 부인이 잘난 체한다는 뜻은 아니에요. 하지만 아무도 부인이 내성적이라고 생각하지는 않을걸요."

"가만히 듣고 있을 수가 없군요. 도대체 무얼 보고 내가 잘난 체한다는 거지요? 굶어 죽지 않기 위해서 내 몸 걱정을 좀 하는 것이 지나치다는 건가요?"

엉뚱한 말에 엄마는 크게 웃고 말았어. 판단 아주머니는 더욱 화를 내면서 네덜란드 어와 독일 어를 섞어 가며 악을 썼어. 나중에는 더 이상 할 말이 생각나지 않는 듯 벌떡 자리에서 일어났어.

그리고 막 나가려던 판단 아주머니의 눈길이 나에게 쏠렸어.

마침 판단 아주머니가 나를 쳐다보았을 때, 나는 어처구니가 없어서 슬픈 듯이 고개를 흔들고 있었어. 일부러 그랬던 것은 아니야. 다만 그때까지의 이야기를 낱낱이 듣고 있었기 때문에 나 자신도 모르게 그렇게 한 것뿐이야.

판단 아주머니는 무서운 눈빛으로 나를 쏘아보더니 독일어로 거친 말을 퍼붓기 시작했어. 말투가 거칠기로 소문난 우리 동네 생선 장수 아주머니 같았어. 원, 세상에!

아무튼 나는 이 일로 인해서 중요한 것 한 가지를 배웠어. 남과 큰 싸움을 할 때 비로소 그 사람의 참모습을 제대로 알 수가 있고, 인격을 판단할 수가 있다는 걸 말이야.

어려운 순간들

1942년 9월 29일 화요일

사랑하는 키티!

숨어서 살다 보니 별난 일을 다 겪게 돼. 이곳은 목욕탕이 없기 때문에 큰 대야에 물을 받아서 목욕을 해야 하는 형편이야. 다행히 2층 사무실에는 더운물이 나와서 우리 일곱 사람은 차례로 물을 받아 와서 목욕을 해.

각자의 성격에 따라서 목욕하는 장소는 각각 다를 수밖에 없어. 페터는 유리문이라서 안쪽이 훤히 들여다보이는데도 항상 부엌을 고집해. 그리고 자기가 목욕을 할 때는 30분 동안만 부엌에 들어오지 말아 달라고 한 사람 한 사람에게 부탁을 하며 돌아다녀.

그렇게 말하는 것만으로도 누구나 약속을 지켜 줄 것이라고 믿는 모양이야.

판단 아저씨는 4층 자기 방에서 마음 놓고 목욕을 해. 더운물을 대야 가득 들고 올라가는 고생쯤은 별 문제가 안 된다고 생각하는 것 같아.

아빠는 2층 임원실에서, 엄마는 부엌의 방화문(화재를 예방하기 위해 만들어 놓은 문) 뒤에서 목욕을 하셔. 언니와 내가 고른 장소는 2층 뒤쪽의 사무실인데, 토요일 오후에는 커튼이 드리워져 있어. 어두컴컴하기는 해도 목욕하기에는 적당한 장소이지.

그런데 나는 그 장소가 아무래도 마음에 들지 않아서 좀 더 좋은 장소가 없을까 생각하고 있었어. 그러자 페터가 큰 사무실에 딸린 화장실이 어떻겠느냐고 묻는 거야. 그곳이라면 앉을 수도 있고, 전등도 켤 수 있고, 문을 잠글 수도 있으며, 쓰고 난 물을 그대로 흘려보내도 되니까 편리하다면서 말이야. 또한 중요한 것은 아무도 엿볼 수 없다는 거야.

키티, 네 생각은 어떤지 모르겠지만, 그야말로 최고의 장소라는 생각이 들었어.

지난주 수요일에는 배관 공사를 하는 사람들이 와서 배수관과 급수관을 화장실에서 복도로 옮기는 작업을 했어.

겨울에 파이프가 얼어 터지는 것을 막기 위해서라고 해.

그 공사 때문에 우리가 얼마나 혼났는지 몰라.

하루 종일 물이 나오지 않았을 뿐만 아니라 화장실에도 갈 수가 없었어. 이런 곤란한 일을 어떻게 극복했는지 몹시 궁금하지? 나는 그런 것을 감추고 싶은 마음이 없어.

나는 이곳에 오자마자 내가 임시로 쓸 요강을 마련해 두었었어. 적당한 물건이 없어서, 주둥이가 넓은 유리 항아리를 하나 골라서 준비해 놓은 정도였지만 말이야.

아래층에서 배관 공사를 하는 동안 나는 이 항아리를 아주 요긴하게 써먹었어. 사실 요강에다 볼일을 보는 것보다, 나 같은 말괄량이에게는 하루 종일 입을 꾹 다물고 있어야 한다는 것이 훨씬 더 괴로운 일이지.

1942년 10월 9일 금요일

키티!

오늘은 몹시 슬프고도 우울한 소식뿐이야.

수많은 유대 인 동포가 한꺼번에 열대여섯 명씩 줄줄이 끌려가고 있다는데 어떻게 하면 좋을까. 유대 인들은 게슈타포(나치 독일의 비밀경찰)에게 사람 취급을 받지 못하고, 가축 운반용 트

력에 실려 네덜란드 최대의 유대 인 수용소로 보내진다는 거야.

베스테르부르크……. 이름만 들어도 소름이 끼치는 곳이야. 목욕탕과 화장실은 천 명에 하나꼴이고, 남자와 여자, 어린아이 할 것 없이 한데 뒤섞여 지내야 하는 지옥 같은 곳으로 소문이 나 있어.

거기에 일단 한 번 들어가면 빠져나올 생각을 아예 못한대. 그곳에 수용된 사람들은 모두가 머리를 빡빡 깎는 데다가 유대 인 특유의 생김새 때문에 누구라도 한눈에 알아볼 수 있기 때문이야.

어쩌면 이곳 네덜란드에서조차 이렇게 됐을까?

우리는 대부분의 유대 인들이 이미 학살당했을 거라고 짐작하고 있어. 얼마 전에 영국 방송에서 그들이 독가스에 의해 학살되었다는 보도가 나왔기 때문이야. 듣기만 해도 가슴이 터질 것만 같아.

얼마 전, 미프의 집 문 앞에 가난한 절름발이 유대 인 할머니가 앉아 있었다고 해. 게슈타포가 할머니에게 거기서 기다리라고 하고는 차를 부르러 간 모양이야.

할머니는 하늘을 나는 영국 비행기를 향해 발사되는 곡사포와 번쩍이는 탐조등의 빛에 겁을 먹고 있으면서도 그 자리를 뜨지 못하더라는 것거야.

그렇지만 미프도 그 할머니를 자기 집 안으로 들일 수 없었대. 미프뿐만 아니라 그 누구라도 그런 위험한 일을 하려고 하지는 않았을 거야. 눈곱만한 구실이라도 발견하기만 하면 독일군은 사정없이 난폭한 짓을 할 테니까.

이 밖에도 슬픈 소식이 또 있어.

키티, 너는 혹시 '인질'이라는 말을 들어 본 적이 있니?

이것은 시민들의 파괴 행위에 대한 벌로, 최근에 실행된 방법이야. 사람이 사는 세상에 이런 잔인한 일이 일어나도 되는 것일까? 이름만 들으면 누구나 알 만한 죄 없는 시민들이 수없이 감옥에 갇혀서 죽을 운명을 기다리고 있는 게 현실이야.

만일 파괴 활동을 한 범인을 찾아내지 못하면, 게슈타포는 그때마다 인질을 다섯 명쯤 벽에 세우고 간단하게 총살해 버리면 그뿐이야.

나치 독일군은 왜 그럴까. 나도 한때는 독일 국민의 한 사람이었다고 생각하면 괴로워서 견딜 수가 없어.

히틀러는 우리에게서 국적을 빼앗아 간 원수야.

아마도 독일 인과 유대 인은 영원히 한 하늘 아래서 살 수 없는 사이가 될 것 같아.

키티!

참으로 무서운 일이 있었어. 벌써 두 시간이나 지났는데도 난 아직도 손이 떨리고 가슴이 콩닥콩닥 뛰어.

이 집에는 소화기가 다섯 개 있는데, 오늘은 그 속에 약품을 넣는 날이었어. 하지만 아래층에 있는 어느 누구도 목수나 그 밖의 사람이 올 거라고는 미리 알려 주지 않았어. 그래서 우리는 누구 한 사람 특별히 주의를 기울이는 사람이 없었어.

그런데 나는 우연히 책장으로 가려 놓은 입구 저쪽에서 쇠망치 소리가 나는 것을 들었어. 그래서 마침 식사를 하고 있던 베프에게 지금 내려가서는 안 된다고 알려 주었어.

아빠와 나는 바깥의 그 사람이 언제 돌아갈 것인가 하고 소리 나는 입구 쪽으로 귀를 기울였어.

그렇게 15분쯤 지났을까, 그 사람이 연장을 놓고 문을 두드렸어.

우리는 모두 새파랗게 질렸어. 그 사람이 필시 무슨 소리를 듣고 책장 뒤를 조사해 보려고 두드리는지도 모른다는 생각이 들었던 거야.

그가 계속해서 문을 밀고 잡아당기고 흔드는 소리를 듣자, 나는 그만 정신을 잃을 지경이었어. 마침내 최후의 순간이 왔다고 생각했을 때였어.

"저예요, 문 좀 열어 주세요."

클레이만 씨의 목소리였어.

후유! 크게 한숨을 쉬면서 우리는 서둘러 문을 열었어. 책장을 고정시키는 고리의 비밀을 알고 있는 사람이면 금방 열 수 있었을 텐데. 우리에게 목수가 온다는 것을 가르쳐 줄 수 없었던 까닭도 바로 그것 때문이었어.

목수가 벌써 일을 끝내고 아래층으로 내려간 뒤, 클레이만 씨가 베프를 부르러 왔는데 그만 책장이 열리지 않는 거였어.

짧은 순간이었지만 엄청나게 큰 거인이 우리 집의 비밀 통로를 통해 쳐들어온다는 상상을 하자, 온몸이 사시나무 떨듯이 덜덜 떨려 왔어.

1942년 11월 7일 토요일

키티!

엄마는 요즈음 신경이 무척 날카로워졌어. 이것은 나에게는 좋지 않은 징조야.

아빠와 엄마는 좀처럼 언니는 꾸짖지 않아. 그 대신 무슨 일이든지 나에게 원인을 돌려서 야단을 치는데, 도대체 왜 그러는지 이해가 안 돼.

예를 들면, 어제 저녁에도 언니는 예쁜 그림이 있는 책을 읽고 있었다. 그러다가 책을 그 자리에 놓고는 아래층으로 내려갔어.

마침 나는 할 일이 없어서 그 책을 집어 들고 그림을 보기 시작했는데, 잠시 후 언니가 돌아와서는 이맛살을 찌푸리며 책을 달라고 했어. 내가 조금만 더 보겠다고 하자, 언니가 버럭 화를 냈어.

그러자 옆에 계시던 엄마도 화를 내며 이렇게 말씀하시는 거야.

"안네! 그 책은 마르고트 언니가 보던 것이니까 어서 돌려주어라."

바로 그때 밖에서 들어오신 아빠가 아무 사정도 모르면서, 언니의 뾰로통한 얼굴을 보고는 대뜸 나에게 호통을 치는 거야.

"만일 언니가 네 책을 빼앗았다면 넌 얼마나 더 투덜거렸겠냐!"

나는 얼른 책을 놓고 방에서 나와 버렸어. 모두들 내가 화나서 뛰쳐나간 것이라고 생각했겠지만 그렇지 않아. 단지 슬퍼졌을 뿐이야. 아마도 아빠와 엄마가 나서지 않았더라면 아무 말

없이 책을 돌려주었을 거야. 두 분 모두 언니 편만 들어 주는 것이 슬펐어. 나는 엄마와 언니를 사랑해. 그 이유는 당연히 나의 엄마이고 언니이기 때문이야.

그러나 아빠의 경우는 완전히 달라. 만일 아빠가 언니를 착한 사람의 본보기로 말하거나, 언니가 한 일을 칭찬하고 안아 주거나 하면 뭔가가 내 가슴속에서 소용돌이쳐 와. 그 까닭은 내가 아빠를 몹시 좋아하기 때문일 거야. 내가 존경하는 사람은 아빠뿐이니까.

그런데도 아빠와 언니는 나를 차별하면서 내 속마음을 전혀 알지 못하는 것 같아. 물론 마르고트 언니가 이 세상에서 가장 귀엽고 예쁠지는 모르겠지만, 나도 역시 소중한 사람으로 대접받을 권리가 있다고 생각해.

나는 가족 중에서 버릇없는 바보 취급을 받으며 살고 있어. 무엇을 하든지 처음부터 꾸중을 들어서 감정을 상하곤 해. 따라서 똑같은 일을 해도 나는 언니보다 두 배쯤 힘이 들어.

절대로 내가 언니를 질투하고 있는 것은 아니야. 언니가 귀엽고 예쁘디고 해서 부러워하는 것도 아니야. 내가 진정으로 바라는 것은 아빠의 진정한 사랑뿐이야. 아빠의 작은딸로서가 아니라, 안네라는 한 인격체로서 사랑을 받고 싶은 거야.

내가 이토록 아빠를 좋아하는 것은 아빠를 통해서만 가족 사랑의 일부분이라도 유지할 수 있기 때문이야. 그런데도 아빠는 내가 가끔 엄마에 대해 감정을 폭발시키는 것을 이해하지 못하셔.

어쨌든 나로서는 엄마에 대한 불만을 참을 수가 없어. 도저히 내 가슴속에 접어 둘 수가 없어. 그러니 사사건건 충돌하는 것은 당연한 일이야. 나는 엄마의 성격에 대해 좋다거나 나쁘다거나 말할 생각은 없어. 나로서는 그것을 판단하는 것이 불가능하니까. 나는 그녀를 다만 '나를 낳고 키워 주시는 분'으로만 바라볼 따름이야. 솔직히 별로 엄마답다고 생각하지 않으니까.

키티, 이렇게 되면 내가 나 자신의 엄마가 되어야 하는 걸까?

지금의 나는 가족 사이에서 완전히 외톨이가 된 셈이야. 내 스스로가 내 인생을 책임지고 먼 항해를 하는 거야. 지금으로서는 아득하지만, 언젠가는 내 인생의 어디쯤에 닿을지 알게 되겠지.

내가 이런 생각을 하게 되는 것은 내 마음속에 어머니란, 아내란 이러이러해야 된다는 생각이 있기 때문이야.

그러나 실제로 우리 엄마한테는 그런 모습을 털끝만큼도 찾아볼 수가 없어.

나는 언제부터인가 엄마의 나쁜 점을 보지 않고 좋은 점만 보려고 애쓰고 있어. 엄마에게서 찾아볼 수 없는 것은 나 자신에게서 구하려고 노력해. 그러나 생각처럼 잘 되지 않으니 어쩌지?

무엇보다 가슴 아픈 것은, 엄마도 아빠도 내 마음속에 있는 거리감을 이해해 주지 않는다는 거야. 나는 이 점에 대해서는 두 사람 다 옳지 않다고 생각해.

키티! 이 세상에서 자식을 완전히 만족시킬 수 있는 부모란 존재하지 않는 것일까?

이따금 나는 하느님께서 나를 시험하고 계신다고 생각해. 지금도 그렇고 앞으로도 그럴 거야. 나는 본받을 사람에게 충고받는 일 없이 혼자 힘으로 훌륭한 사람이 되고 말 거야.

그렇게 되면 나는 보다 강해지겠지. 그러나 나는 가끔은 위로를 필요로 하고, 그럴 때마다 약한 나 자신을 절실히 느끼고 처량한 기분이 들어. 생각해 보면 내 결점은 너무나도 많은 것 같아.

그것을 알고 있기 때문에 날마다 자신을 향상시키려고 노력하고 있어.

가족의 나에 대한 태도는 그때마다 상당히 달라져.

어느 날은 '안네는 몹시 현명해서 무엇이든지 가르칠 수가 있어.'라고 말했다가, 어떤 날은 '안네가 책을 통해 여러 가지 훌륭한 지식을 얻은 줄 알았는데 사실은 아무것도 모르는 바보.'라고 비웃을 때도 있어.

이미 어느 정도 싫증 나 버린 사람들, 언제나 내 마음을 오해하는 사람들, 어째서 그런 사람들에 대해 내가 끝까지 참아야 하는지 모를 일이야.

끝내 내가 이 일기장 곁으로 돌아오는 것은 그 때문이야. 키티는 참을성이 많아서 내 주장을 끝까지 들어 주니까.

키티! 나는 무슨 일이 있어도 꾹 참으며 고통 속에서도 내가 나아갈 길을 찾아낼 것을 너에게 약속할게!

내가 바라는 것은, 내가 노력한 결과를 보고 가끔은 나를 사랑하는 누군가가 따뜻하게 격려해 주면 좋겠다는 것뿐이야.

정말로 꾸지람을 듣는 것은 싫어! 가끔은 내 가슴도 폭발하고 싶을 때가 있으니까. 그것만은 꼭 알아주었으면 해.

또 한 사람의 피신자

1942년 11월 10일 화요일

키티!

굉장한 소식이 있어. 우리는 곧 여덟 번째 식구를 맞이하게 돼. 지금까지 우리는 줄곧 이곳에 한 사람쯤은 더 들어올 공간과 식량이 있다고 생각해 왔어. 단지 퀴흘레르 씨나 클레이만 씨에게 더 이상 폐를 끼치고 싶지 않아서 아무 말도 안 하고 있었을 뿐이야.

그런데 요즘 유대 인에게 가해지는 박해가 날이 갈수록 심해져서 아빠가 두 사람에게 넌지시 의견을 물어보았어. 다행히 두 사람 다 좋은 생각이라고 찬성했대. 일곱 명이나 여덟 명이나 위험한 건 마찬가지라고 말하면서.

이렇게 결정되자, 우리와 잘 지낼 수 있는 사람이어야 한다는 조건으로 적당한 인물을 찾아보기로 했어. 적당한 사람을 찾는 일은 그리 어렵지 않았어.

그는 치과 의사인 알베르트 뒤셀이라는 사람이었어.

뒤셀 씨는 점잖다고 평이 나 있는 사람이니까, 우리 두 가족과는 마음이 잘 맞을 것 같아. 이제 뒤셀 씨가 오면 나와 언니는 한방을 써야 해.

참, 그리고 뒤셀 씨에게는 충치를 치료할 수 있는 의료기를 가져오라고 부탁해 두었어.

1942년 11월 12일 목요일

키티!

뒤셀 씨가 오셨어. 모든 일이 순조롭게 잘 진행되었어.

뒤셀 씨는 마침 미프에게 숨을 곳이 있다는 말을 듣고 몹시 기뻐했다고 해. 미프는 그에게 될 수 있는 한 빨리, 가능하면 토요일에 짐을 옮기라고 했는데 조금 망설였다고 해. 이유는 그동안의 진료 카드를 정리해야 하고, 급히 돌봐 줄 환자도 몇 명 있으며, 당분간 쓸 돈도 준비해야 한다는 거야.

모두들 뒤셀 씨가 그렇게 어물거리는 것은 좋지 않다고 생각했어. 만일 그렇게 밖에서 어물거리다가 붙잡히기라도 한다면, 진료 카드나 급한 환자나 돈도 모두 필요 없게 되기 때문이지.

우리 아빠도 참 딱하신 분이야. 그런 사람의 의견을 뭐 하러 들어주시는지 모르겠어.

1942년 11월 19일 목요일

키티!

뒤셀 씨는 우리가 예상했던 대로 매우 좋은 사람이야. 물론 그는 내가 쓰던 작은 방을 쓰는 데 동의했어. 솔직히 말하면, 내가 쓰던 것을 남이 쓰는 것은 그다지 즐거운 일이 아니야.

하지만 훌륭한 목적을 위해서라면 누구든지 어느 정도 희생을 치를 각오가 되어 있어야 하지 않겠어? 그래서 나도 이번에 기꺼이 양보하기로 했어. 아빠는 위험에 빠진 한 사람을 구할 수 있다면 다른 것은 별로 중요하지 않다고 하셨는데, 정말 그런 것 같아.

이곳으로 온 첫날부터 뒤셀 씨는 나에게 여러 가지를 물었어. 청소부는 몇 시에 오느냐, 목욕탕은 언제 쓸 수 있느냐, 화장실을 사용할 수 있는 시간은 언제나 등등.

은신처에서 생활하는 데는 이런 것들이 매우 중요하기 때문이지.

낮에는 아주 작은 소리라도 아래층에 들리지 않도록 조심해야만 해. 특히 청소부나 낯선 사람들이 와서 일을 하는 동안에는 더욱 세심한 주의가 필요해.

이런 내용들을 뒤셀 씨에게 친절하게 설명해 주었는데, 뒤셀 씨는 기억력이 좋지 않은 듯 두 번씩 설명을 해 주었는데도 잘 기억하지 못하는 것 같아. 아마도 갑작스러운 생활의 변화 때문에 어리둥절해서 그럴 거야.

다른 일들은 순조로워. 뒤셀 씨는 우리가 오랫동안 듣지 못한 바깥세상 일을 많이 알려 주었어. 그러나 그것은 아주 비참한 얘기들뿐이야.

뒤셀 씨의 말에 따르면, 우리의 수많은 친구며 친지들이 어려운 운명에 처해 있다고 해. 밤마다 유대 인을 가득 실은 군용 트럭이 요란한 소리를 내며 거리를 질주한다고 해. 독일군은 집집미디 수색을 해서 유대 인이 있는지를 확인하고, 만일 한 사람이라도 있으면 즉시 잡아간대. 그러니 우리처럼 비밀 장소를 정해 숨어 있지 않은 사람들은 절대로 그들의 눈에서 벗어날 수가 없다는 거야.

때로는 명부를 가지고 와서 유대 인이 남아 있는 집만 골라 수색할 때도 있지만, 한 사람 앞에 얼마씩 돈을 갖다 바치면 그냥 놓아주는 경우도 있다고 해. 옛날의 노예사냥과 무엇이 다르단 말인가!

해질 무렵, 나는 자주 창가에 숨어서 착하고 죄 없는 사람들이 울부짖는 어린 자식들을 데리고 줄지어 터벅터벅 걸어가는 모습을 바라보곤 해. 행렬에는 독일군이 따라붙어서 쓰러지려는 사람을 떠밀거나 걸어차면서 무섭게 몰아세우고 있어. 노인이거나 어린아이거나, 임신부거나 환자거나, 그들에게는 인정사정이란 것이 없는 모양이야.

이런 추운 밤에도 내 친한 친구들 중 누군가는 사정없이 얻어맞고 쓰러져 하수구에 내동댕이쳐지고 있을지도 몰라. 나만이 이런 따뜻한 침대에 누워 있다고 생각하면 죄스러운 생각이 들어.

지난날의 친구들이 지금은 이 세상에서 가장 잔인한 짐승의 손에 넘어가 버렸다고 생각하면 소름이 끼쳐.

그것도 단지 유대 인이라는 그 이유만으로!

1942년 11월 28일 토요일

사랑하는 키티!

우리 집은 할당량 이상으로 전기를 사용했기 때문에 앞으로 더욱 절약하지 않으면 전기가 끊길 위험에 놓여 있어. 2주일 동안 전등 없이 생활한다고 생각하니 재미있겠다는 생각이 들기도 해.

요즘은 오후 4시 30분쯤 되면 날이 어두워져서 책도 읽을 수 없어. 그래서 우리는 어둠 속에서 여러 가지 엉뚱한 장난을 해. 수수께끼 놀이를 하거나 체조를 하거나 영어나 프랑스 어를 지껄이거나 그동안 읽은 책에 대해서 얘기하거나 등등…….

하지만 무엇을 하든지 처음에는 재미있다가도 나중에는 싫증이 나는 법이지.

어젯밤에는 시간을 보낼 수 있는 새로운 방법을 생각해 냈어. 성능이 좋은 망원경으로 뒤쪽에 있는 집의 불 밝혀진 남의 방을 엿보는 거야. 낮에는 우리 집 커튼을 들출 수 없었지만, 밤인 데다가 우리가 불을 켜지 않았으니 안심할 수 있어.

후후, 이웃 사람들이 이렇게 재미있는 관찰 대상이 될 줄은 미처 몰랐어.

어떤 집에서는 부부가 정답게 식사를 하는 모습이 보여. 어떤 집에서는 가족끼리 놀이를 하느라고 야단법석을 떨기도 해. 맞은편에서는 치과 의사가 한 할머니를 치료하는 중인데, 잔뜩 겁을 먹고 있는 할머니 표정이 우스꽝스럽게 보여.

뒤셀 씨는 아이들과 잘 어울리셔. 그런데 요즘 와서는 차츰 본성이 드러나는 것 같아. 그분은 고리타분한 예의범절에 대해 지루하게 설교를 늘어놓곤 해. 더구나 나는 이 집에서 사는 세 명의 아이 중 가장 예의 바르지 못하다는 평가를 받고 있으니, 그의 잔소리는 모두 나를 향한 것이나 다름없어.

나한테 직접 잔소리를 한다면 그건 좀 나은 편이야. 뒤셀 씨는 비겁하게도 언제나 엄마한테 먼저 고자질을 하는 방법을 써.

뒤셀 씨와 엄마에게 똑같은 일로 잔소리를 듣고 나면, 나는 정말 기분이 엉망진창이 돼. 어쩌다가 판단 아주머니의 설교까지 듣고 나면 그야말로 내 기분은 말이 아니야.

숨어서 사는 가족 중에, 하필이면 왜 내가 최고의 말썽꾸러기가 되었을까? 침대에 누워서 내 신세를 생각하고 있노라면 머리가 어지러워져. 나는 그때그때 기분에 따라 웃을 때도 있고 울 때도 있어. 그러다가 잠이 들어.

1943년 1월 13일 수요일

키티, 오늘 아침에는 다시 마음이 산란해져서 아무것도 손에 잡히지 않아.

바깥세상은 너무나 무서운 상태야. 가엾은 유대 인들은 끌려 가면서, 배낭 하나와 돈 몇 푼밖에 지니지 못했는데도 도중에 그나마 모든 것을 빼앗기고 만다고 해.

남녀노소를 따로 구분하여 끌고 가니까 가족은 뿔뿔이 흩어진다고 해. 아이들이 학교에서 돌아와 보면 현관문에는 못질이 되어 있고 부모님은 보이지 않는 기막힌 일들이 날마다 일어나고 있어.

날마다 밤이면 비행기가 네덜란드 상공을 지나서 독일을 폭격하러 날아가. 독일의 도시들은 폭격 때문에 거리가 온통 웅덩이라는 소식도 들려오고, 소련과 아프리카에서는 매 시간마다 수백 수천 명의 사람이 죽어 가고 있다는 소식도 들려오곤 해.

아무도 이 운명으로부터 자유로울 수가 없어. 지금은 온 세계가 전쟁의 불길에 휩싸여 있어. 전쟁은 연합군 측에 유리하게 돼 가고 있지만 언제 끝날지 아무도 예측할 수 없는 일이야.

그러고 보면 우리는 행운아라고 해야겠지. 그래. 바깥세상에 있는 수백만 명의 사람보다 우리는 훨씬 운이 좋은 편이야. 무엇보다 이곳은 조용하고 안전하기 때문이지. 우리는 이곳에서 전쟁이 끝난 다음의 일을 이야기하고, 가끔은 새 옷과 새 구두를 생각하면서 가슴을 두근거리기도 해. 그만큼 생각만이라도 자유롭다는 뜻이야.

사실은 조금이라도 돈을 절약하여 우리보다 곤란에 빠진 사람들을 도와야 하고, 전쟁 후유증에 시달리는 사람이 있으면 그들을 구해 줘야 하는데도 말이야.

창문을 통해 보면 이 근처의 아이들은 한결같이 헐벗고 굶주려 있어. 따뜻한 겉옷은커녕 모자도 구두도 구경할 수 없는 형편이야. 아이들은 모두 굶주린 배를 끌어안고, 시든 홍당무를 씹어 배고픔을 달래며 살고 있어.

집도 춥지만, 추운 거리를 지나 학교에 가면 더욱 추운 교실이 그들을 기다리고 있어. 날이 갈수록 생활이 어려워져서 많은 아이는 지나가는 사람에게 매달려 빵 한 쪽만 달라고 구걸을 하기도 해.

키티!

이 불행이 끝날 때까지 우리는 꾹 참고 기다리는 수밖에 없어. 유대 인도 다른 사람들도 모두 평화를 기다리고 있어. 아니, 온 세계가 다 기다리고 있어.

그러나 한편에서는 어쩔 수 없이 죽음을 기다리는 많은 사람이 있다는 것을 잊어서는 안 되겠지.

키티에게!

아빠는 머지않아 연합군의 상륙 작전이 시작된다고 이제나 저제나 손꼽아 기다리고 계셔.

영국의 처칠은 폐렴에 걸렸으나 조금씩 회복되고 있다는 소식이 들리고, 인도의 평화주의자 간디는 오랜 기간 동안 단식에 들어갔다고 해.

판단 아주머니는 자기가 운명론자라고 말하지만, 대포 소리만 들리면 가장 먼저 겁을 먹고 어쩔 줄 몰라 하셔.

헹크가 우리에게 읽어 보라며 가톨릭 신부가 신자들에게 보낸 편지의 사본을 가져다주었어. 매우 훌륭하며 용기를 북돋워 주는 내용이야.

네덜란드 국민들이여, 우리의 투쟁을 멈추어서는 안 됩니다. 모두가 무기를 들고, 나라와 국민과 종교의 자유를 위해 힘껏 싸우고 있습니다. 구원의 손길을 내미십시오. 아낌없이 주십시오. 부디 용기를 잃지 마십시오!

'구원의 손길을 내밀어라. 아낌없이 주어라. 용기를 잃지 마라!’ 하는 것은 교회에서 항상 부르짖는 말이야. 그러나 과연 이 것이 우리에게 도움을 줄 수 있을까? 적어도 우리 유대교 신자 들에게는 도움이 되지 않는 말 같아.

키티! 이번에 이 집에서 무슨 일이 일어났는지 너는 도저히 상상할 수 없을 거야.

이 건물의 주인이 퀴흘레르 씨와는 한마디 의논도 없이 건물 을 팔아 버렸어.

어느 날 아침, 새 주인이 건축 기술자를 데리고 집을 보러 왔 어. 다행히 클레이만 씨가 있다가 우리의 은신처를 제외한 다른 부분을 모두 안내해 주었어.

그는 깜박 잊고 통로의 열쇠를 갖고 오지 않았다고 둘러댔는 데, 새 주인은 그 이상 따지려 들지 않았어.

이렇게 한 번은 무사히 넘어가기는 했는데, 만일 그 사람이 다시 와서 건물 내부를 샅샅이 보자고 하면 어떻게 해야 할지 걱정이야.

아빠가 색인 카드 상자 하나를 비우고 언니와 나를 위해서 새 카드를 넣어 주셨어.

이것은 독서 관리 카드인데, 우리는 읽은 책의 제목과 저자 이름 등을 카드에 써넣기로 했어.

키티!

속기 강습이 끝나고 이제부터는 속도를 올리는 연습을 하게 돼.

키티, 말썽꾸러기 안네가 제법 똑똑해졌다고 생각되지는 않는지!

나는 요즈음에 새로운 취미를 갖게 되었어. 취미라기보다는 하루하루의 시간을 가능한 한 지루하지 않게 보내서 이 서글픈 생활이 빨리 지나가도록 하는 방편이기는 하지만.

요즈음 나는 신화, 특히 그리스와 로마의 신화에 열중하고 있는 중이야. 사람들은 이것을 단순히 잠깐 들여다보는 정도로 여길지도 모르겠어. 내 또래의 아이가 신화에 흥미를 갖는다는 걸 들어 본 적도 없을 테니까 말이야. 그렇다면 더욱 잘된 일이야. 내가 최초로 신화에 흥미를 가진 아이가 될 테니까.

독일의 높은 사람 가운데 한 명인 라우터가 다음과 같은 연설을 했어.

"모든 유내 인은 7월 1일 이전에 독일의 전 점령지로부터 추방되어야 한다. 우선 4월 1일부터 5월 1일 사이에 위트레흐트 지방을 말끔히 청소한다(흥, 유대 인을 벌레 취급하고 있다). 이어서 5월 1일부터 6월 1일까지는 남북 네덜란드 전 지역에서 유대 인을 모두 몰아낸다.”

이렇게 쫓겨난 가엾은 사람들은 가축 떼처럼 무서운 수용소로 끌려가고 있어. 이런 이야기는 이제 그만해야겠어. 생각만 해도 꿈에 나타날 것 같으니까.

1943년 4월 1일 목요일

오늘은 만우절이지만, 나는 장난할 기분이 아니야.

엎친 데 덮친다는 속담이 오늘처럼 생생하게 느껴진 적은 없어. 불행한 일이 한꺼번에 세 가지나 닥치다니, 이건 너무 가혹한 일이야.

언제나 우리에게 용기를 불어넣어 주던 클레이만 씨가 위장 출혈로 적어도 3주간은 누워 있어야 될 처지에 놓였어.

그리고 베프가 유행성 독감에 걸렸고, 포스콰일 씨가 다음 주일에 병원에 입원하게 되었어. 아무래도 위궤양인 것 같다는 진단이 나왔어.

1943년 5월 2일 일요일

키티!

숨을 곳이 없는 다른 유대 인들에 비하면 우리는 천국에서 살고 있다고 할 수 있어.

하지만 이다음에 평화로운 시절이 되어서 지금의 우리 생활을 돌아본다면 어이가 없을 거야. 그토록 깔끔했던 우리의 생활 방식이 어떻게 이 정도까지 떨어졌는지, 생각하면 기가 막힐 뿐이야.

식탁에 까는 기름 먹인 종이가 한 장뿐이기 때문에 얼마나 더러운지 몰라. 가끔 행주로 닦아 보지만 행주 또한 지저분하기는 마찬가지야.

판단 아저씨네 침대보도 한 장뿐이야. 바꿔 덮을 모포도 없지만, 비누도 귀해서 마음대로 세탁조차 할 수 없는 형편이야.

아빠도 낡은 옷을 입으셨지만, 엄마와 언니의 속옷은 더욱 심각해. 둘이서 속옷 세 벌을 번갈아 입는 실정이야. 내 속옷은 이제는 너무 작아져서 배꼽도 채 가리지 못해. 물론 이 정도쯤이야 참고 살 만하다고 할 수 있지.

하지만 이 지독한 전쟁이 언제쯤이면 끝이 나서 예전의 생활을 되찾을 수 있을까?

그게 문제야.

사랑하는 키티!

영국과 독일의 비행기가 하늘에서 싸우는 것을 보았어. 불행하게도 연합군 측의 비행기 두 대가 불탔고, 비행사들은 간신히 낙하산으로 탈출했어.

우유 배달부 아저씨의 말로는, 길바닥에 캐나다 군인 네 명이 앉아 있는 것을 보았다고 해. 그중 한 사람은 제법 유창한 네덜란드 말로 우유 배달부에게 담뱃불을 좀 빌려 달라고 하더래.

그들은 모두 여섯 명이었는데, 조종사는 죽고 또 한 사람은 실종됐다고 해. 그러는 사이에 독일 경찰이 와서 네 명을 데리고 갔대. 네 명 모두가 상처 하나 없었는데, 낙하산으로 뛰어내리고도 어쩌면 그렇게 깨끗할 수 있었는지 그저 신기하기만 해.

요즘은 날씨가 상당히 따뜻해졌는데, 여기서는 아직도 하루 건너 한 번씩 불을 지펴. 채소 껍질이나 쓰레기를 태워 버리기 위해서야. 언제나 남들의 시선을 생각해야 되기 때문에 쓰레기통에는 아무것도 버릴 수가 없어. 자칫하면 작은 부주의로 인해 꼬리를 잡힐지 모르니까.

간밤에는 대포 소리가 유난히 심하게 들려서 엄마가 창문을 닫았어. 나는 아빠의 침대를 파고들었어. 그때, 위층에서 판단 아주머니가 쥐에게 물리기라도 한 것처럼 침대에서 뛰어내리는 소리가 들렸어. 마치 폭탄이 내 침대에 정통으로 떨어진 것처럼 요란스러웠어.

"불을 켜요, 불을 켜!"

내가 비명을 지르자, 아빠가 전기 스위치를 올렸다. 나는 온 집 안이 불길에 휩싸인 줄 알았어.

우리는 앞을 다투어 위층으로 뛰어 올라갔어.

사정인즉, 판단 아저씨 부부는 열린 창문 저쪽에서 번쩍 하고 불이 환하게 밝아지는 것을 보았다고 해. 판단 아저씨는 집 근처에 불이 붙었다고 생각했대. 부인은 무릎을 덜덜 떨면서 침대에서 뛰어내렸다고 해. 그러나 다른 일은 일어나지 않아서 사람들은 각기 자기 잠자리로 돌아갔어. 그로부터 채 15분도 지나지 않아서 또 요란한 폭격이 시작되었어.

판단 아주머니는 후다닥 뛰어내려와 뒤셀 씨가 있는 방으로 들어갔어. 남편과 함께 있는 것보다 뒤셀 씨와 함께 있는 것이 덜 무서운 것일까? 우리가 고개를 갸우뚱하는 사이에 뒤셀 씨의 상냥한 목소리가 들려왔어.

"겁쟁이 우리 딸, 어서 내 침대로 들어오렴!"

그 바람에 우리는 한참 동안이나 깔깔거리며 웃었어. 폭격에 대한 공포심까지 한 방에 날려버린 사건이었어.

키티!

내 생일을 맞아 아빠가 써 주신 시는 너무너무 훌륭해. 아빠는 언제나 독일어로 시를 쓰기 때문에 언니가 번역을 해 주었어. 번역이 제대로 되었는지는 나도 잘 모르겠어. 시는 지난 1년간의 일을 돌이켜 보고 나서 다음과 같이 이어졌어.

너는 여기서 가장 어리지만, 이제는 어린아이가 아니구나.
그러나 인생은 냉정한 것.
나이 든 사람들의 잔소리에 귀가 따가울 거야.
그러나 우리는 경험이 있으니까, 우리에게 배워라.
우리는 옛날부터 해 왔던 일이기 때문에 잘 알고 있단다.
나이 든 사람이 언제나 옳다는 것을 너는 알아야 한다.
적어도 이것은 예전부터 이어 내려온 변하지 않는 법칙이란다.
언제나 자신의 결점은 작게 보이는 법.
그리고 남의 결점을 비판하기는 쉽고, 그것은 언제나 크게 보인다.
제발 어른들을, 네 부모와 더불어 넓은 마음으로 봐 다오.

우리는 너를 공평하게 동정심을 가지고 판단하려고 애쓴다.

결점을 고치라고 한다면 때로는 쓴 약을 삼키는 것처럼 네 뜻에 거슬리더라도 참아 다오.

가정의 평화를 지키려면 그렇게 하지 않으면 안 된단다.

그러는 동안에 우리의 괴로움도 끝나겠지.

너는 거의 하루 종일 책을 읽거나 공부를 하고 있지.

누가 이런 색다른 생활을 상상이나 했을까.

너는 결코 따분해 하지 않고 언제나 신선한 바람을 실어 다 준다.

네 불평은 단 하나.

'나는 입을 옷이 없어! 팬티조차 없고, 지금 가진 옷은 모두 작아. 속옷도 모두 걸레 같은데……. 구두를 신으려면 발가락을 잘라야 해. 아아, 비참한 고통 속에서 벗어날 그날은 과연 언제일까.'

안네, 네 말이 맞아!

키가 4인치나 자랐으니 전에 입던 옷이 작을 수밖에.

그 밖에 음식에 관한 것도 좀 쓰여 있었지만, 언니가 제대로 번역하지 못한 것 같아서 적지 않기로 했어.

어쨌든 생일 축하 시로는 너무 멋졌어. 다른 사람들에게서도 생일 선물을 받았어. 그중에는 내가 몹시 좋아하는 두꺼운《그리스 로마 신화》책도 있었어. 과자가 부족한 것에 대해 불평할 생각은 전혀 없어.

마치 야곱이 가장 사랑하는 아들 베냐민을 제물로 내준 것과 같이, 나는 이 '은신처'의 막내로서 분에 넘치는 축하를 받은 것이 분명해.

1943년 6월 15일 화요일

사랑하는 키티!

그동안 또 많은 일이 있었어.

병석에 누워 있던 포스콰일 씨는 결국은 수술을 받지 못했어. 의사 선생님들이 그를 수술대에 눕히고 배를 절개해 보았더니, 이미 암 세포가 상당히 진행되어 손을 쓸 수 없을 정도였다고 해.

더욱 안 좋은 것은, 의사 선생님이 포스콰일 씨 본인에게 위중한 병명을 자세히 알려 주었다는 거야. 지금 그는 자기 집에서 여섯 아이에게 둘러싸여 다가오는 죽음을 마주하고 있어. 너무나 슬픈 일이야.

내가 여기서 나갈 수 있다면 병문안을 가서 위로라도 해 드리겠는데, 환자도 안됐지만 지금껏 포스콰일 씨 덕분에 바깥세상 돌아가는 사정을 알았던 우리로서도 엄청난 슬픔이 아닐 수 없어.

다음 달쯤에는 우리의 라디오도 넘겨줘야 할 것 같아.

클레이만 씨가 자기 집에 작은 라디오를 몰래 감추어 두고 있는데, 그것과 우리 커다란 라디오와 바꿔 주겠다고 했어. 물론 우리 것의 성능이 훨씬 좋기는 하지만. 우리는 현재 숨어 살면서 돈도 갖고 있고, 암거래로 물건을 사들이며 청취가 금지된 라디오까지 지니고 있는 셈이야. 비록 불법이긴 하지만 작고 낡은 라디오에서 나오는 소식으로 바깥 정세를 알고, 가끔 용기를 얻고 하기 때문에 우리에게는 너무나 소중한 물건이야.

'기운을 내자. 다시 한 번 힘을 내자. 언젠가 반드시 좋은 때가 돌아올 거야.'

키티, 이런 우리의 소망이 과연 이루어질 수 있을까?

예절 교육에 대하여

1943년 7월 11일 일요일

누군가 나에게 다시 한 번 '자식의 예절 교육'을 문제 삼는다면, 나는 당당하게 말할 거야.

'저는 누구에게나 늘 상냥하게 대하며, 친절하고, 스스로 할 수 있는 일이라면 무엇이든지 먼저 찾아서 하려고 노력하는 중이랍니다.'

이렇게 말하고 나면, 나에 대한 소나기 같은 비난이 이슬비 정도로 그치지 않을까. 그러나 상대가 참을 수 없는 사람들인 경우에 이런 모범적인 행동을 하기란 몹시 어려운 일이지.

특히 그것이 내 마음속에서 우러나온 행동이 아닐 경우에는 더욱 그래. 물론 자신의 생각을 주장하기보다, 어른들 말에 순

종하는 착한 아이처럼 행동하면 남들과 잘 지낼 수 있다는 것도 잘 알아. 그러나 가끔 이 사실을 잊어버리고, 부당한 대우를 당하게 되면 내 안에서 솟아나는 분노를 누를 수 없게 돼.

키티!

나에게도 때로는 불평을 털어놓을 권리가 있다고 생각하지 않니?

내가 항상 투덜거리는 아이가 아닌 게 그나마도 다행이라고 생각해. 내가 만일 그런 성격이었다면 심술쟁이에다가 말괄량이가 되고 말았을 거야.

속기 연습은 잠시 쉬기로 했어. 다른 공부를 더 많이 하기 위해서이기도 하지만, 갑자기 눈이 나빠진 것이 더 큰 이유야. 근시가 심해졌기 때문에 몹시 우울해. 옛날 같으면 벌써 안경을 맞추었겠지만, 이런 생활을 하고 있는 동안에는 그건 불가능한 일이야.

어제의 이야깃거리도 내 눈에 관한 것이었어. 엄마가 클레이만 부인에게 부탁하여 나를 안과에 데리고 가면 어떻겠냐고 물었어. 그 말을 들었을 때는 나도 모르게 온몸이 떨렸어. 내가 밖으로 나가 거리를 활보한다는 것을 생각하니 하늘을 날아갈 것 같았어. 처음에는 깜짝 놀라서 몸이 굳어지는 것 같았지만, 나는 뛰는 가슴을 진정시키며 대답을 기다렸어.

근데, 그 일은 그렇게 쉽게 결정할 일이 아니었어. 이렇듯 위험이 따르는 일에 사람들의 의견이 일치되기는 어려웠지. 무엇보다도 먼저 그에 따르는 위험과 어려움을 신중하게 생각해 보아야 했어. 결론이 내려진다면 미프가 나를 데리고 나갈 텐데…….

사람들이 의논하고 있는 동안 나는 벽장에서 코트를 꺼내 입어 보았어.

너무 작아서 마치 동생 옷처럼 보였어. 길이가 짧은 건 밑단을 풀어서 늘인다 하더라도 앞단추가 채워지지 않았어.

과연 어떤 결론이 나올 것인지 나는 무척 기대하고 있지만, 아마도 이번 계획은 쉽게 실현될 것 같지는 않아.

영국군이 이미 시칠리아 섬에 상륙함으로써, 전쟁이 곧 끝날 거라는 희망을 갖게 되었어.

미프가 언니와 나에게 사무실의 여러 가지 일을 도와달라고 했어. 우리는 왠지 으쓱해지는 기분이 들었어. 베프의 손길도 크게 도움이 되는 모양이야. 우편물을 모으거나 매상 장부를 정리하는 일은 누구나 할 수 있지만, 우리는 특별히 정성 들여서 했어.

미프는 마치 짐을 나르는 노새처럼 바쁘게 돌아다녀. 거의 매일같이 채소나 생활필수품을 구입하여 자루에 담아서 자전거로 날라다 주고 있어.

특히 토요일은 책을 가지고 오는 날이기 때문에 모두들 그날을 손꼽아 기다려. 마치 선물을 기다리는 어린아이처럼.

이렇게 은신처에서 틀어박혀 살고 있는 우리에게 책이 얼마나 위안이 되는지, 보통 사람들은 도저히 이해하지 못할 거야.

독서와 공부, 라디오를 듣는 것이 우리에게는 유일한 위안이 된다는 것도!

1943년 7월 13일 화요일

어제 오후 나는 아빠의 허락을 받아서 뒤셀 씨에게 말했어. 일주일에 두 번, 오후 4시에서 5시 30분까지 우리 방의 작은 탁자를 쓰겠다고 말이야.

2시 30분부터 4시까지 뒤셀 씨가 낮잠을 자는 동안, 내가 탁자에서 공부를 하기로 한 거야.

다른 시간에는 뒤셀 씨의 탁자와 방에 접근해서는 안 되기 때문이야. 우리들이 공동으로 쓰고 있는 방에서는 뒤셀 씨가 언제나 이것저것 바쁘게 움직이므로 함께 공부한다는 것은 도저히 불가능한 일이야. 게다가 틈만 있으면 아빠까지도 그 탁자를 쓰고 싶어하셔.

난 이러한 사정을 아주 정중하게 말씀드렸어. 그런데 배운 게 많다는 뒤셀 씨는 딱 한마디로 거절하셨어.

나는 억울한 생각이 벌컥 들었어.

그래서 그 이유를 알고 싶다고 뒤셀 씨에게 따지고 들었지만, 나는 귀가 아플 정도로 꾸중만 듣고는 방에서 쫓겨나는 신세가 되고 말았어.

"나는 많은 일을 해야 해. 오후 시간이 아니면 일할 시간이 없거든. 반드시 이 일을 완성시켜야만 해. 그러지 않으면 일을 시작한 의미가 없어져. 그런데 네가 한다는 건 뭐냐? 고작 그리스 신화 따위나 읽겠다고? 그런 것도 공부라고 할 수 있니? 뜨개질이니 독서니 하는 것은 일이라고 할 수 없지."

뒤셀 씨의 말을 듣고 나는 너무나 속상했어. 속에서 화가 부글부글 끓는 듯했어.

저녁때 나는 아빠를 붙들고 앞으로 어떻게 해야 좋을지 여쭤보았어. 그대로 물러나고 싶지는 않았고, 또 문제를 내 손으로 해결하고 싶었기 때문이야. 아빠는 문제를 어떻게 처리할 것인가에 대하여 가르쳐 주셨어.

지금은 내가 너무 흥분하고 있기 때문에 내일로 미루는 것이 좋겠다고 충고해 주셨어. 그러나 나는 아빠의 충고를 무시하고 저녁 설거지를 끝낸 다음 뒤셀 씨를 기다렸어. 아빠가 옆방에 계셔서 그런지 어느 정도 마음이 침착해지는 것 같았어.

마침내 뒤셀 씨가 오자 내가 말했어.

"뒤셀 아저씨, 더 이상 이야기해도 소용없다고 생각하시겠지만 꼭 부탁이에요. 한 번만 더 제 입장을 생각해 주실 수 없겠어요?"

그러자 뒤셀 씨는 싱글벙글 웃는 얼굴로 말했어.

"다른 이야기라면 얼마든지 들어줄 수 있다만, 아까 그 문제는 이미 끝난 얘기다."

뒤셀 씨가 내 말을 가로막았지만, 나는 계속해서 말했어.

"처음 아저씨가 여기에 오셨을 때, 이 방은 둘이서 사용하기로 했어요. 그러니 공평하게 사용한다면 아저씨가 오전에 사용할 경우 나는 오후에 사용할 수가 있어야 해요. 그러니 일주일에 이틀, 그것도 오후에만 사용하겠다는 것은 절대로 무리한 요구가 아니에요."

내 말을 듣고 있던 뒤셀 씨는 벌떡 자리에서 일어나 다짜고짜 호통부터 치기 시작했어.

"지금 이런 상황에서 그런 권리 따위를 주장하겠다는 거냐? 그렇게 되면 나는 어디로 가야 하지? 판단 씨에게 지붕 밑에 작은 칸막이라도 만들어 달라고 부탁할까? 그렇게 해 준다면 나는 거기에 가서 있을 수도 있겠지. 하지만 나는 다른 곳에서는 일을 할 수가 없어. 넌 정말 언제나 귀찮게 구는구나. 만일 네 언니였다면 너처럼 이러지는 않았을 거야. 물론 네 언니가 그런 요구를 해 온다면 나도 거절하지는 않았겠지만……."

나는 끓어오르는 분노를 꾹꾹 참으며 뒤셀 씨의 말을 끝까지 들었어.

"안네, 너는 정말 이기적이구나. 자기만 좋으면 남이야 어떻게 되든 상관없다는 식이니까 말이야. 너처럼 지독한 아이는 일찍이 본 적이 없다. 결국은 나도 네가 원하는 대로 해 줄 수밖에 없겠지. 나중에 시험에 떨어지기라도 한다면 그 이유를 나에게 돌릴지도 모르니까 말이야."

그의 악담은 계속되었어. 나중에는 내 귀가 따가울 정도였어.

잔뜩 악담을 쏟아붓고 나서야 뒤셀 씨는 기분이 좀 풀어지는지 분노와 승리감이 뒤섞인 듯한 표정을 지으며 방에서 나갔어.

나도 옆방으로 달려가 아빠에게 이 모든 일을 말씀드렸어. 아빠는 오늘 밤에 뒤셀 씨와 상의해 보겠다고 하셨어.

결국 아빠의 중재로 일주일에 이틀 동안은 오후 5시까지 누구의 방해도 받지 않고 내가 탁자를 쓸 수 있게 되었어.

뒤셀 씨는 그 일로 몹시 기분이 상했는지 이틀 동안 나에게 말 한마디도 건네지 않으셨어. 내가 생각해도 정말 유치한 것 같아. 50이 넘은 나이에도 이토록 속이 좁다니, 타고난 사람의 성격은 좀처럼 고치기가 힘든가 봐.

1943년 7월 19일 월요일

키티!

어제는 일요일이었는데, 암스테르담 북부에 큰 폭격이 있었어. 거리는 온통 쑥대밭이 되고, 죽은 사람과 생매장된 사람을 파내려면 상당한 시일이 걸릴 거라는 이야기가 들려.

지금까지 알려진 것만으로도 200명이나 죽고, 헤아릴 수 없이 많은 부상자가 생겨서 병원은 모두 초만원이라고 해.

부모를 찾아 돌아다니다가 아직도 연기를 뿜고 있는 폐허에서 길을 잃고 헤매는 아이들도 있고, 그대로 행방불명이 되는 경우도 많다고 해.

나는 지금도 귀가 찢어질 듯한 폭격 소리를 생각하면 온몸의 솜털까지 곤두서는 것 같아.

그것은 우리에게 곧 죽음이 닥쳐오고 있다는 걸 의미하기 때문이지.

만약 우리가 밖으로 나가서 자유롭게 돌아다닐 수 있다면 각각 무슨 일을 먼저 하고 싶은지 알아보았어.

언니와 판단 아저씨는 무엇보다 먼저 욕조에 뜨거운 물을 가득 받아서 반 시간쯤 몸을 푹 담그고 싶다고 했어.

판단 아주머니는 크림 과자를 실컷 먹고 싶다고 하고, 뒤셀 씨는 부인을 만날 일만 생각난다고 해.

엄마는 향이 좋은 커피를 마시고 싶고, 아빠는 맨 먼저 포스콰일 씨의 병문안을 가고 싶다고 하셨어. 페터는 거리로 나가서 영화를 보고 싶단다.

그런데 나는, 그렇게 되면 너무 기뻐서 무엇부터 시작해야 할지 모를 것 같아.

하지만 역시 가장 중요한 것은 우선 우리만의 집을 갖는 일이겠지. 아무 거리낌 없이 움직일 수 있는 우리만의 집. 그리고 공부를 도와줄 수 있는 누군가를 찾아내는 것, 바꾸어 말하면 학교에 가서 마음껏 공부하는 일이야.

1943년 7월 26일 월요일

무엇보다 소중한 키티!

어제는 엄청난 소동이 있었어. 모두들 아직까지도 흥분이 가라앉지 않았어. 사실 이곳의 생활은 모든 것이 놀라운 일투성이야.

경계경보가 처음 울린 것은 11시 30분이 지나서였어. 우리 식구들은 늦게 아침 식사를 하고 있었어.

하지만 그 경계경보는 폭격기 편대가 해안선을 통과했다는 것뿐이어서 모두들 별로 크게 신경을 쓰지 않았어.

아침 식사 후, 나는 머리가 아파서 한 시간쯤 누워 있다가 다시 아래층으로 내려갔어. 아마 2시쯤이었을 거야.

언니는 2시 30분에 사무실 일을 끝냈지만, 사무용품을 치우기도 전에 공습 사이렌이 울렸어. 우리는 부랴부랴 3층으로 올라갔어. 참으로 아슬아슬한 순간이었어.

왜냐하면 채 5분도 지나지 않아서 폭격이 시작되었기 때문이야. 충격이 너무나 심해서 우리는 복도로 도망쳤어. 실제로 온 집 안이 흔들렸어.

나는 피난용 가방을 꼭 끌어안고 있었어. 피난하겠다는 생각보다는 무엇인가에 꼭 매달려서 떨어지지 않고 싶은 심정에서였을 거야.

이 상황에서 우리가 도대체 어디로 피난을 갈 수 있겠는가!

30분쯤 지나 공습이 그치자 사람들의 움직임이 무척 바빠졌어. 페터는 지붕 밑의 망보는 곳에서 내려왔어.

뒤셀 씨는 큰 사무실에 있었고, 판단 아주머니는 임원실에 틀어박혔어. 판단 아저씨는 계속해서 지붕 밑에서 망을 보고 있었어.

좁은 층계참에 모여 있던 우리는 각자 자기 생각에 따라서 흩어졌어.

판단 아저씨가 항구 쪽에서부터 검은 연기가 솟아오른다고 하기에, 나도 올라가 보았어.

매캐한 냄새가 나면서 밖은 온통 짙은 안개에 싸인 듯했어. 멀리서 보기에도 무시무시한 화재였어.

그래도 최악의 사태를 넘겼다는 안도감으로 모두들 자기 방으로 흩어져 들어갔어.

그리고 저녁 식사를 하고 있는데 또다시 공습경보가 울렸어. 모처럼 되찾은 밥맛이 사이렌 소리와 함께 싹 가시고 말았어. 다행히 별 탈 없이 45분 후에는 경보가 해제되었어.

하루 종일 설거지를 하지 않아서 부엌에는 씻어야 할 접시가 산더미같이 쌓여 있었어.

예고 없이 울리는 사이렌과 대포 소리, 벌떼처럼 몰려오는 폭격기 소리…….

은신처의 생활

1943년 8월 4일 수요일

이곳에서의 생활도 이제 일 년이 넘었어.

키티, 너도 이제는 우리의 생활을 어느 정도 알게 되었지?

그렇지만 키티에게 설명하기 어려운 부분이 있는 것도 사실이야.

말해 주고 싶은 것은 끝없이 많고, 또 그 모든 것이 보통 사람들의 삶과는 거리가 먼 것뿐이라서 특히 그래.

그렇지만 우리의 생활을 낱낱이 알리기 위해서 평범한 하루의 일이라도 자세하게 설명해 나갈 작정이야.

우선, 오늘 밤의 일부터 시작해 볼게.

9시

모두들 잠잘 준비를 하는 시간인데, 이 시간이 언제나 가장 분주해. 의자를 치우고, 접어서 벽에 기대 놓았던 침대를 펼치면 낮과는 전혀 다른 모양이 돼. 나는 작은 침대에서 자는데, 이것은 길이가 1미터 반밖에 되지 않아서 의자를 잇대어 길이를 보충해야만 해.

깃털 이불과 홑이불, 담요와 베개 등은 낮에는 뒤셀 씨의 침대에 놓아두기 때문에 밤마다 그것들을 가지고 와야 해.

옆방에서는 삐걱거리는 소리가 들려. 마르고트 언니가 조립식 침대를 펴는 소리야. 이것이 끝나면 담요와 베개를 꺼내는 소리가 들릴 거야.

한편 위층에서는 벼락이라도 떨어지는 것처럼 굉장히 큰 소리가 들려. 하지만 걱정할 것은 없어. 판단 아주머니가 침대를 창가로 끌어내는 소리니까. 페터가 세수를 끝내면 나는 바로 옆의 세면장으로 들어가. 거기서 얼굴과 손을 씻는데, 이따금 물속에 작은 벼룩이 떠 있는 경우도 있어.

나는 이를 닦고 머리를 말리고 손톱을 다듬어. 이따금 얼굴의 솜털을 표백하기 위해 과산화수소를 탈지면에 발라 살짝살짝 얼굴을 두드리면 잠잘 준비가 끝나는데, 이 모든 일은 30분 정도 걸려.

9시 30분

재빨리 일을 마치고 세면장을 나오지만, 나는 대개 다시 세면장으로 불려 들어가게 마련이지. 다음 사람이 세면대에 떨어져 있는 내 머리카락을 보고 한마디씩 하기 때문이야.

10시

검정색 커튼 대신에 판자로 창을 완전히 가려야 해. 잠을 잘 시간이지만, 적어도 15분 정도는 옆방에서 침대 삐걱거리는 소리, 끊어진 용수철 튕기는 소리 등의 잡다한 소리가 들리다가 이내 잠잠해져. 물론 그것도 위층 사람들이 싸움을 하지 않는 날에만 그래.

11시 30분

세면장 문이 삐걱 열리며 가느다란 빛이 방 안으로 스며들어. 구두 발걸음 소리, 커다란 사람의 그림자, 헐렁한 옷차림……. 퀴흘레르 씨의 사무실에서 일하던 뒤셀 씨가 돌아온 모양이야. 10분쯤 이리저리 부산하게 돌아다니는 소리, 음식 싼 종이를 부스럭거리는 소리, 그리고 이어서 잠자리를 준비하는 소리가 들려.

새벽 3시

나는 소변을 보기 위해서 일어났어. 침대 밑에는 함석으로 만든 요강이 놓여 있고, 만일의 경우에 대비해서 그 밑에 고무 매트를 깔아 놓았어. 이것을 사용할 때는 언제나 숨을 죽여야 해.

조심하지 않으면 마치 계곡에서 급류가 쏟아지는 듯한 소리가 들리기 때문이야. 그러고 나서 요강을 제자리에 놓고 다시 침대로 들어가. 내가 입은 잠옷은 흰색이야. 언니가 보면 언제나 야하다면서 질색하는 잠옷이야.

침대에 들어가서 15분 정도는 눈을 뜬 채로 가만히 귀를 기울여. 우선 아래층에 도둑이 들지는 않았는지 귀를 기울이고, 위층과 옆방 여기저기에서 들려오는 소리에 귀를 기울여. 그렇게 하고 있으면 누가 자고 있고, 잠을 이루지 못하는지를 알 수 있어. 특히 뒤셀 씨가 잠을 이루지 못하고 있으면 나는 무척 불쾌해져.

처음에는 물고기가 입을 뻐끔거리는 듯한 소리를 내다가 다음에는 혀를 차거나 쩝쩝거리는 소리가 이어지고, 한참 동안 돌아눕거나 베개를 고쳐 놓는 등 온갖 소리가 다 들리거든.

이 밖에, 어느 때는 새벽 1시에서 4시 사이에 폭격이 시작되는 날도 있어.

폭격이 있을 때면 나는 벌떡 일어나서 베개와 손수건을 챙겨 들고 가운을 걸친 다음 슬리퍼를 신고 아빠의 방으로 달려가.

이런 내 모습은 마르고트 언니가 생일 선물로 지어 준 시 속에 다음과 같이 표현되어 있어.

한밤중에 첫 포성이 울리면

쉬잇, 저것 좀 봐!

삐걱거리며 문이 열리고

한 소녀가 베개를 껴안고

미끄러지듯이 들어온다…….

아빠의 침대에 파고들면 폭격이 더 심해지지 않는 한, 최악의 공포는 사라져.

아침 6시 45분

따르릉, 탁상시계가 울리는 소리. 딸깍, 판단 아주머니가 자명종 소리를 재빨리 멈추게 해. 삐꺼덕, 판단 아저씨가 일어나서 주전자를 불에 올려놓고 급히 세면장으로 가서 문을 여닫는 소리가 들려.

7시 15분

문이 다시 열리고, 이번에는 뒤셀 씨가 세면장으로 가. 나는 혼자가 되면 즉시 창문을 가렸던 검정색 판자를 떼어 내. 이렇게 하여 이곳에서의 새로운 하루가 시작되고 있어.

1943년 8월 10일 화요일

사랑하는 나의 키티!

나에게 좋은 생각이 하나 떠올랐어. 식사하는 동안에는 다른 사람들과 이야기하지 않고 마음속으로 나 자신하고만 대화를 하는 거야. 이것은 두 가지 면에서 효과가 있을 것 같아.

한 가지는 내가 조용하면 사람들이 좋아할 테고, 또 하나는 다른 사람들의 이러쿵저러쿵하는 의견 때문에 걱정할 필요가 없게 되잖아.

사람들은 내 의견이 대부분 틀린 것이라고 여기고 있으니까, 내가 입을 다물고 있는 것이 최선의 길인 것 같아.

먹고 싶지 않은 음식을 먹어야 할 때에도 나는 이와 비슷한 방법을 써. 접시를 앞에 놓고 굉장히 맛있다는 표정을 지으며 한눈을 팔고 있으면, 그 음식은 어느새 없어지고 말아.

아침에 일어날 때도 마찬가지야. 더 자고 싶은 유혹을 억지로 뿌리치고 창가로 가서 검은 판자를 내린 다음 창틈에 코를 대고 신선한 공기를 깊이 들이마시는 거야. 그러면 눈이 맑아지기 시작해. 그러고 나서 침대를 치워 버려. 그렇게 하면 잠에 대한 유혹은 눈 녹듯이 사라지지. 이런 것을 가리켜서 엄마는 '생활의 기술'이라고 부르셔.

지난 일주일 동안 우리는 시간을 몰라서 쩔쩔매야만 했어. 우리가 믿고 의지하던 교회 종소리가 없어진 거야. 전쟁 때문인지, 어느 날부터 종이 울리지 않아.

요즘에 나는 어디를 가나 멋있다는 소리를 자주 들어. 미프가 중고품 가게에서 사다 준 포도주 빛의 제법 굽이 높은 구두를 신었기 때문이야. 이 구두를 신으면 키가 실제보다도 훨씬 커 보여서 어깨를 으쓱대고 싶어져.

뒤셀 씨는 간접적이긴 하지만, 하마터면 모두의 목숨을 위험하게 만들 뻔했어. 그는 무솔리니와 히틀러를 비난하는 책을 미프에게 구해 달라고 부탁했다고 했어. 그 책은 판매가 금지된 것이야.

미프가 그 책을 가지고 오다가 SS(독일 친위대) 자동차와 부딪칠 뻔했다는 거야. 그러자 미프는 그만 화가 나서,

"이 멍청아, 차를 똑바로 몰아!"

하고 소리쳤대.

만일 재수 없게 SS 본부에 연행되기라도 했다면 어떻게 되었을지, 생각만 해도 소름이 끼치는 일이야.

이탈리아의 항복

1943년 9월 10일 금요일

키티!

키티에게 편지를 쓸 때마다 사실은 즐거운 일보다 나쁜 일이 더 많아. 그러나 오늘은 특별히 달라. 신나는 일이 있어!

지난 수요일 저녁, 우리는 7시 뉴스를 들으려고 작은 라디오 주위에 모여들었어. 뉴스에서 놀라운 소식을 우리에게 전해 주었어.

"전쟁이 시작된 이래 최고의 뉴스를 말씀드리겠습니다. 마침내 이탈리아가 항복했습니다!"

이탈리아가 무조건 항복을 한 거야. 영국의 네덜란드 방송은 8시 15분부터 시작되었다.

"청취자 여러분, 한 시간 전 제가 하루의 기록을 마무리하고 있을 때 이탈리아가 항복했다는 어마어마한 뉴스가 들어왔습니다. 저는 방금 쓴 원고를 이토록 기분 좋게 쓰레기통에 던져 버린 적이 없습니다!"

여느 때처럼 네덜란드 방송은 우리에게 용기를 불어넣어 주려고 노력했으나, 그렇다고 해서 모든 것이 낙관적인 것만은 아니었어.

우리가 살고 있는 은신처에는 아직도 걱정거리가 있어. 우선 클레이만 씨의 일이야. 우리는 모두 그분을 좋아해.

그는 요즘 상태가 갑자기 나빠져서, 고통이 심해지고 음식도 제대로 먹지 못하며 잘 걷지도 못 하셔. 그렇지만 언제나 명랑하게 웃고 계셔. 놀라울 만큼 용기가 있는 분이야. 그는 대단히 위험한 수술을 받기 위해 머지않아 입원해야만 해. 수술을 하고 나서도 4주일 동안은 퇴원할 수 없다고 해.

입원하기 전, 클레이만 씨는 평소와 다름없는 태도로 우리에게 작별 인사를 했어. 마치 가까운 곳에 쇼핑이라도 가는 사람처럼……

1943년 9월 16일 목요일

사람들 사이가 날이 갈수록 서먹서먹해지고 있어. 식사를 할 때에도 누구 한 사람 정다운 말을 건네려고 하지 않아. 무슨 말을 하더라도, 상대방을 괴롭히게 되거나 아니면 오해를 받게 되기 때문이지.

나는 불안한 마음과 우울한 기분을 달래기 위해서 날마다 진정제를 먹고 있는데, 그다음 날은 오히려 더 우울해져. 이런 약을 10개 먹는 것보다는 마음에서 우러나오는 진심 어린 웃음이 훨씬 낫겠지만, 지금은 거의 웃음을 잃고 말았어.

이렇게 늘 찡그린 얼굴로 살다가 나중에는 아주 험상궂은 얼굴로 변하고, 끝내는 입도 붙어 버리지 않을까 걱정될 정도야.

다른 사람들도 이런 점에서는 큰 차이가 없는 것 같아. 모두가 걱정과 두려움으로 다가오는 큰 위협을 기다리고 있는 거야. 또 한 가지 걱정거리는 창고지기가 우리 '은신처'의 존재를 의심하기 시작했다는 점이야. 솔직히 머리를 조금만 쓰는 사람이라면, 미프나 베프의 움직임에 의심을 품었어야 해.

어느 날, 퀴흘레르 씨는 조심하느라고 12시 50분에 코트를 입고 모퉁이의 약국에 갔었어. 그는 5분도 지나지 않아 돌아와서 마치 도둑처럼 발소리를 죽이고 곧장 가파른 층계를 올라 우리가 있는 곳으로 왔어.

1시 15분이 되어 그가 돌아가려고 하자, 마침 베프가 와서 창고지기가 사무실에 있다고 주의를 주었어. 퀴흘레르 씨는 곧장 되돌아서서, 1시 30분까지 우리와 함께 보내다가 구두를 벗어 들고 집 앞쪽 다락방까지 가서 거기서부터 한 계단씩 내려가기 시작했어. 층계가 삐거덕거리지 않도록 15분이나 걸려서 겨우 1층까지 내려가서는 바깥쪽으로 돌아서 무사히 사무실에 들어 갔어. 그 사이에 베프는 간신히 창고지기를 쫓아 보내고 퀴흘레 르 씨를 부르러 왔지만, 그는 이미 양말 차림으로 층계의 가운 데쯤까지 내려와 있었어. 큰 회사의 지배인이 밖에서 구두를 신 는 광경을 만일 지나가는 사람이 보았다면 어떻게 생각했을까?

1943년 10월 17일 일요일

키티!

클레이만 씨가 돌아왔어. 얼마나 고마운 일인지 모르겠어.

아직 안색은 그다지 좋지 않지만, 그래도 판단 아저씨가 부탁 을 하자 싫은 내색을 하지 않고 옷을 팔러 나갔어. 판단 아저씨 네 집에 돈이 떨어져 간다니 어쩔 수 없는 일이지.

판단 아주머니는 아직도 코트와 드레스, 구두를 잔뜩 가지고 있지만 하나도 내놓으려고 하지 않아. 앞으로 어떻게 될지 알 수는 없지만, 아무튼 판단 아주머니의 모피 코트를 내놓지 않으면 안 될 때가 오고 말 거야.

판단 아저씨의 양복을 사겠다는 사람이 아직 나타나지 않았고, 유일하게 숨겨 둔 페터의 자전거를 팔 수도 없는 형편이라면 하는 수 없이 모피 코트를 팔아야 하겠지.

판단 아저씨 부부는 이 문제로 대판 싸움을 벌였는데, 지금은 화해를 해서 그럭저럭 잘 지내고 있어.

지난 한 달 동안에 이 집에서 일어난 고약한 말다툼과 싸움, 그것을 생각하고 있으면 그저 멍해질 따름이야. 아빠는 언제나 입을 꼭 다물고 계셔. 누군가 말을 걸어오면 깜짝 놀라서 고개를 들지만, 또 무슨 귀찮은 말다툼을 진정시켜야 할까 하고 두려워하는 표정이야.

엄마는 늘 흥분해서 얼굴을 붉히고, 언니는 두통이 심하다고 끙끙거리고 있어. 뒤셀 씨는 불면증이 있고, 판단 아주머니는 하루 종일 무언가를 중얼거리고 있어.

이런 사람들과 온종일 함께 있자니 내 머리는 완전히 돌아버릴 것만 같아. 이 모든 것을 잊어버리기 위한 유일한 방법이 있어.

그것은 바로 공부에 열중하는 것! 그래서 나는 요즈음 정신없이 공부에 매달리고 있어.

키티!

네가 만약 내가 쓴 이 많은 편지를 모두 읽었다면, 편지 쓸 때마다 기분이 전부 다르다는 것쯤은 틀림없이 알았을 거야.

나처럼 주위 환경에 따라서 기분이 자주 바뀌는 것은 분명 좋은 것이 아니야. 하지만 꼭 나 혼자만 그런 건 아니야.

이곳에서는 자기 자신을 억누르지 않으면 다른 사람과 어울리지 못하니까, 마음속에서 일어나는 온갖 변화를 일기장에게만 털어놓는 거야.

키티, 너도 알겠지만 나는 요즈음 무척 우울한 나날을 보내고 있어. 확실한 이유를 말하기는 어렵지만, 내가 지나친 겁쟁이이기 때문이 아닐까 하는 생각이 들기도 해.

오늘 저녁나절에 베프가 왔을 때의 일이야. 현관의 벨이 요란하게 울려, 나는 갑자기 얼굴이 새파랗게 질려서 어쩔 줄 몰라 하고 있었어. 갑자기 배까지 아파 오면서 심장이 펄떡펄떡 뛰기도 했이. 이런 증상은 바로 두려움 때문에 생기는 거라고 해.

밤이 되어 침대에 누워 있을 때도 나는 부모님과 헤어져서 지하 감옥에 홀로 갇힌 것 같은 느낌에 휩싸이곤 해. 때로는 거리에서 길을 잃고 헤매는 것 같기도 하고, 한밤중에 군인들이 쳐

들어와서 우리를 강제로 끌고 가는 장면이 떠올라서 침대 밑에 숨고 싶을 때도 있어.

미프는 가끔 이곳의 고요함이 부럽다고 말하지만, 내가 느끼는 공포감을 안다면 그런 말을 다시는 하지 못할 거야.

아, 어서 빨리 좋은 세상이 와서 우리가 다시 평범한 생활로 돌아갈 수 있으면 좋으련만.

1943년 11월 11일 목요일

키티!

오늘은 너에게 전하는 글에 그럴듯한 제목을 붙여 보았어.

바로 '내 만년필의 추억에 바치는 노래'야. 어때, 멋지지? 만년필은 지금까지 내가 가진 물건 중에서 가장 소중한 거야. 특히 마음에 드는 것은 뭉뚝한 펜촉인데, 그 이유는 펜촉이 굵을수록 글씨가 마음먹은 대로 잘 써지기 때문이야. 이 만년필에는 아주 재미있는 역사가 담겨 있어.

이 만년필은 내가 아홉 살 때, 솜에 곱게 싸여서 소포로 온 것이야. 보낸 사람은 그 무렵 아헨에 살고 있던 우리 할머니셨어.

아아, 안네 프랑크가 만년필을 갖게 되다니! 아직 그런 물건을 마음대로 쓸 나이는 아니었지만, 나는 이 멋진 만년필을 많은 친구에게 보이면서 자랑하고 다녔어.

열 살이 되면서부터 만년필로 글씨를 써도 좋다는 선생님의 허락을 받았어. 하지만 열한 살이 되어 선생님이 바뀌자, 그 만년필은 다시 쓸 수 없게 되었어. 새로운 담임 선생님은 학교에서 지정한 펜과 잉크만을 사용하도록 했기 때문이야. 열두 살이 되어 유대 인 중학교에 진학했을 때, 만년필을 넣을 수 있는 가죽 필통을 선물 받았어. 지퍼가 달려 있어서 더욱 멋지게 보이는 필통이었어.

내가 열세 살이 됐을 때 만년필도 나와 함께 이곳으로 왔어. 그리고 내 뜻에 따라 헤아릴 수 없을 만큼의 일기와 작문을 써 주고 있어. 이제 나는 열네 살이 되었으니, 만년필과 나는 일 년 동안이나 숨 막힐 것 같은 이곳에서 함께 살아온 셈이야.

금요일 오후 5시쯤이었어. 탁자 앞에 앉아서 무엇인가를 쓰고 있을 때, 언니가 라틴 어 공부를 하겠다고 해서 자리를 비워 주어야만 했어. 만년필은 잠시 탁자 위에 방치되었고, 나는 화가 나는 걸 참으며 한구석에 앉아서 콩 껍질을 깠어. 나는 바닥을 쓸어서 쓰레기를 썩은 콩과 함께 헌 신문지에 싸서 난로에 넣었어. 그 순간 불길이 솟아올랐고, 나는 거의 꺼져 가던 불길이 활활 타오르는 것을 보고 멋지다고 생각을 했어.

이윽고 불길이 가라앉았어. 그때 마침 언니가 라틴 어 공부를 마쳤으므로, 나는 다시 탁자로 돌아가서 쓰던 글을 마저 쓰려고 했어. 그런데 만년필이 보이지 않는 거야. 샅샅이 찾아보았으나 만년필은 보이지 않았어.

"틀림없이 콩 껍질과 함께 난로 속으로 들어간 거야."

"아니야, 아니야. 절대 그럴 리가 없어!"

언니와 나는 입씨름을 했지만 결론이 나지 않았어.

그날, 밤이 될 때까지도 만년필은 찾을 수 없었어. 나는 하는 수 없이 언니의 추측대로 불에 타고 만 것으로 결론을 내릴 수밖에 없었어. 이튿날 아침, 아빠가 난로의 재를 치우다가 만년필 고리를 발견했어. 금으로 된 펜촉은 흔적도 없었어.

"아마 불길에 녹아서 다른 찌꺼기에 붙어 있을 거다."

아빠의 말은 서운하기 짝이 없었지만, 내 만년필이 쓰레기처럼 뒹굴지 않고 화장을 당한 것이 그나마 위로가 되었어.

1943년 11월 17일 수요일

키티!

여러 가지 곤란한 일이 생기고 있어. 베프네 식구가 모두 디

프테리아에 걸려서 베프는 6주일 동안이나 여기에 올 수가 없어. 쓸쓸한 것은 물론이고, 식량 조달과 필요한 물건을 구입하는 일 때문에 몹시 불편해. 클레이만 씨는 아직 몸이 회복되지 않아서 3주 동안이나 죽과 우유만을 먹고 있다고 해.

덕분에 퀴흘레르 씨 혼자서 이래저래 바빠졌어. 오늘은 언니가 보낸 라틴 어 통신 답안이 채점되어서 돌아왔어. 언니는 베프의 이름을 빌려서 지도를 받고 있는데, 그 선생님은 매우 친절하고 유머가 있는 것 같아.

한편, 뒤셀 씨는 요즈음 몹시 기분이 상해 있지만 아무도 그 이유를 알지 못해. 판단 아저씨와 그의 부인과도 전혀 말을 하지 않으니 별일이지. 처음에는 모두가 놀라서 아무 말도 하지 않았지만, 이런 상태가 이틀 동안이나 계속되자 마침내 엄마가 뒤셀 씨에게 충고를 했어.

그러나 뒤셀 씨는 말을 하지 않게 된 원인이 판단 아저씨 쪽에 있는 일이니만큼, 자기가 먼저 고개를 숙이고 들어갈 수는 없다는 거야.

이제는 뒤셀 씨가 이곳에 온 지 꼭 일 년째 되는 날이었어. 엄마는 기념으로 뒤셀 씨로부터 화분을 받았어. 우리는 그로부터 이 은신처에 받아들여 준 것에 대해 인사 정도는 들을 것으로 생각했어. 그러나 뒤셀 씨는 한마디도 없었어. 어제 아침 내가 뒤셀 씨에 물어보았어.

"이곳에서 함께 지낸 지 꼭 일 년이 된 아저씨께 축하의 말을 해야 하나요, 위로의 말을 해야 하나요?"

그러나 뒤셀 씨는 그런 것은 아무래도 상관없다는 투였어.

그와 판단 아주머니 사이에 끼어서 분위기를 바꿔 보려던 엄마도 그만 두 손을 들고 말았어.

꿈속에서

키티!

어젯밤의 일이야. 잠들기 직전에 갑자기 문 앞에 어떤 사람의 그림자가 나타나는 게 아니겠어? 그것은 내 친구 한넬리였어.

그 아이는 누더기 같은 옷을 입고, 야위고 지친 얼굴에다 눈에는 슬픔을 가득 담고 나를 책망하듯이 바라보고 있었어.

그의 눈망울은 이렇게 애원하고 있었어.

"아아, 안네, 넌 왜 우리를 버렸니? 제발 우리를 도와줘. 이 지옥에서 구해 줘."

하지만 나는 도와줄 수가 없었어. 모두가 고통을 당하며 죽어가는 것을 지켜보고만 있을 뿐이야. 다만 하느님께 한넬리를 우리에게 돌려달라고 간절히 기도할 뿐.

나는 이제 와서 깨달았어. 전에는 그 아이를 오해하고 있었으며, 너무 어려서 그 아이의 고민을 이해하지 못했다는 것을. 한넬리에게 새로운 친구가 생겼을 때, 내가 그 친구와 한넬리를 떼어 놓으려는 것으로 생각했던 모양이야. 가엾어라, 그때 한넬리의 기분이 어땠을까? 그런 기분은 나도 겪어서 잘 알고 있는데.

나는 가끔 그 아이를 생각하지만, 이내 나 자신의 기쁨이나 다른 문제에 마음을 빼앗겨 버려. 그런데 지금 그 아이가 내 마음의 거울 속에 나타난 거야. 남루한 차림새에 파랗게 질린 얼굴, 호소하는 듯한 애처로운 눈길……. 아아, 어떻게 해서든지 한넬리를 도울 수 있으면 좋으련만.

솔직히 말해서 지난 몇 개월 동안, 아니 거의 일 년 가까이 나는 한넬리에 대해 전혀 생각하지 못했어. 아주 잊어버린 것은 아니지만 이렇게 깊이 생각해 본 적은 없어.

아아, 한넬리! 전쟁이 끝날 때까지 네가 살아 있다면 얼마나 좋을까. 그래서 우리에게 돌아올 수만 있다면, 나는 너를 맞아 들여 너에게 저지른 잘못을 조금이라도 갚을 수가 있을 텐데. 하지만 내가 한넬리를 도울 힘이 생겼을 때는 한넬리도 내 도움을 필요로 하지 않게 될지도 몰라.

키티!

한넬리는 지금도 내 생각을 하고 있을까? 이렇게 훌쩍 사라져 버린 나를 떠올리면 어떤 기분이 될까?

'하느님, 제발 한넬리를 혼자 내버려 두지 마세요. 그리고 꼭 그 아이에게 안네가 얼마나 한넬리를 그리워하고 있는지, 얼마나 한넬리를 걱정하고 있는지를 전해 주세요. 그러면 그 애는 틀림없이 참고 견딜 용기를 얻을 거예요.'

나는 더 이상 생각하지 않을 거야. 생각한다고 해서 어떻게 변하는 것도 아니니까. 하지만 그 아이의 큰 눈이 끊임없이 내 눈앞에 아른거리고 있으니 어쩌면 좋단 말인가?

나는 어떤 경우에라도 그 아이를 잊지 않을 것이며, 그 아이를 위해 기도할 거야.

1943년 12월 22일 수요일

사랑하는 키티!

심한 감기에 걸려서 어제까지 편지를 쓸 수가 없었어. 여기서는 병에 걸리면 곤혹스러워지거든.

기침이 나오려고 하면 담요를 뒤집어쓰고 소리를 죽여야만 해. 하지만 그렇게 하면 간질간질한 목구멍이 시원해지지 않아.

결국은 우유와 사탕 등을 먹으며 기침을 멎게 하기 위해 안간힘을 써야 해. 독감에서 벗어나기 위해 시도했던 이런저런 방법을 생각해 보면 정신이 아찔해질 정도야.

먼저 땀을 흠뻑 내는 치료법, 찜질을 하고 뜨거운 것을 마시는 요법, 목구멍을 씻어 내는 방법, 목구멍에 약을 칠하는 방법, 안정과 보온을 위해 쿠션을 좋게 하고 뜨거운 물을 채운 통에 발을 담그는 요법, 그리고 두 시간마다 체온 재기.

그런데 정말 이런 방법으로 좋아지기는 하는 걸까?

무엇보다 기가 막혔던 것은, 뒤셸 씨가 의사라는 자격으로 내 가슴에 기름기가 흐르는 이마를 갖다 대고는 끙끙거리며 심장 소리를 들으려고 했을 때야. 머리카락이 가슴에 닿아서 따끔거렸을 뿐만 아니라 아주 불쾌한 느낌마저 받았어.

아무리 의사 자격증을 가지고 있다고 하지만, 어째서 이 사람이 내 가슴에 이마를 대야 하는지. 내 연인도 아니고 친한 사람도 아닌데 말이야. 더구나 그런 식으로는 몸 상태가 좋은지 나쁜지 분간할 수조차 없을 텐데도 말이야. 요즘 뒤셸 씨는 갑자기 귀가 어두워져서 우선 자신의 귀부터 청소해야 할 판이었어.

나는 예전처럼 건강해서 펄펄 뜰 정도가 되었어. 나는 그 사이에 키가 1센티미터 자라고 체중이 1킬로그램 정도 늘었어.

건강해진 탓인지 지금은 무척 공부가 하고 싶어졌어. 꼭 전해야 할 만한 특별한 뉴스는 아직 없어.

요즘 며칠은 모두들 사이좋게 지내고 있기 때문이지.

키티!

크리스마스가 다가오고 있어. 그 기념으로 식용유와 과자 등 특별 배급이 나왔어. 뒤셀 씨는 미프에게 부탁하여 만든 과자를 엄마와 판단 아주머니께 선물로 주었어. 미프는 사무실 일만으로도 바쁠 텐데, 용케도 이런 일까지 해 주고 있어.

언니와 나는 작은 브로치를 선물로 받았어. 1센트짜리 동전으로 만들어서 반짝반짝 빛나는 것이 얼마나 예쁜지 몰라. 우리도 미프와 베프에게 줄 것이 있어. 두 달쯤 전부터 아침마다 오트밀에 넣는 설탕을 절약하여 모아 둔 것이 있는데, 그것으로 사탕 과자를 만들까 생각 중이야.

지금 밖에는 이슬비가 내리고, 난로에서는 고약한 냄새가 나고 있어. 게다가 모두들 먹은 것이 잘못되었는지 배 속이 편치 않다고 야단들이야.

1943년 12월 25일 토요일

키티!

크리스마스야. 아름다운 추억이라서 그런지 아빠는 젊은 시절의 연애에 대해서 생각하고 계셔. 지난해까지만 해도 나는 그 의미를 이해할 수 없었는데, 올해 다시 한 번 그 추억에 대해 들려주신다면 지금은 이해할 수 있을 것 같아.

아빠도 누구에겐가 비밀을 털어놓고 싶을 거야. 그렇지 않으면 자신의 말은 한마디도 할 기회가 없을 테니까. 언니는 아빠가 그런 아픔을 체험했다는 것을 모르고 있는 것 같아. 가엾은 우리 아빠, 나는 아빠가 예전에 사랑했던 기억을 영원히 못 잊을 거라고 생각해.

어쩌면 아빠는 그러한 체험을 통해서 인내심이 강한 사람으로 변했을 거야.

나도 가능하다면 아빠 같은 사람이 되고 싶어. 다만 아빠와 같은 쓰라린 경험은 하지 않고 말이야.

1943년 12월 27일 월요일

키티!

금요일 저녁, 우리는 모두 한자리에 모여 크리스마스 선물을 받았어. 클레이만 씨와 퀴흘레르 씨, 그리고 미프와 베프, 모두

가 우리 몰래 뜻밖의 선물을 준비했던 거야. 미프는 훌륭한 크
리스마스 케이크를 만들었는데, 케이크 위에는 '평화-1944년'
이라고 쓰여 있었어.

베프는 맛있는 비스킷을 만들어다 주었고, 페터와 언니, 그리
고 나에게는 요구르트를 한 병씩, 어른들에게는 맥주를 한 병씩
따로 전해 주었어.

모든 것이 아주 예쁘고 정성스럽게 포장되어 있었고, 포장지
마다 예쁜 그림으로 장식되어 있었어.

이런 멋진 선물을 받지 못했다면, 크리스마스는 우리도 모르
는 사이에 훌쩍 지나가 버렸을 거야.

1943년 12월 29일 수요일

키티!

어젯밤에는 몹시 슬픈 생각에 잠겼어. 돌아가신 할머니와 그
리운 친구 한넬리가 문득 떠올랐어.

아아, 보고 싶은 할머니! 우리는 할머니가 얼마나 심한 고통
을 참고 살아왔으며, 또 얼마나 마음씨가 착한 분인지를 잘 모
르고 살아왔어.

할머니는 자신의 무서운 병을 알고 있으면서도 끝까지 우리에게 숨기셨어. 언제나 성실하고 마음씨 좋았던 할머니. 한 번도 우리를 실망시킨 적이 없는 할머니셨어.

할머니는 그때 분명히 나를 사랑하고 계셨을까? 아니면 내 기분을 이해하지 못하고 계셨을까? 아무래도 알 수가 없어. 우리 가족 중에 할머니에게 자기 일을 털어놓는 사람은 아무도 없었어. 할머니는 틀림없이 외로웠을 거야. 우리 식구 모두에게 둘러싸여 있어도 외로운 건 마찬가지였을 거야. 사람은 아무리 많은 사람으로부터 사랑을 받는다고 하더라도 쓸쓸한 때가 있기 마련이니까. 그것은 그 사람이 누구에게나 '단 하나의 사랑하는 사람'이 될 수 없기 때문이지.

한넬리는 과연 살아 있을까? 살아 있다면 지금은 어떻게 지내고 있는 걸까?

하느님, 제발 그녀를 보호하여 우리에게 보내 주세요?

나는 끊임없이 한넬리의 입장이 되어 생각해 보고 있어. 내가 한넬리라면 어떤 운명에 마주쳤을까? 한넬리에 비한다면 지금의 내 생활에 대해 감사하며 지내야 하는데, 나는 어째서 이 생활을 비참하게 생각하며 살아가고 있을까?

한넬리나 그 밖에 고통을 받고 있는 다른 사람들을 떠올릴 때마다, 감사할 줄 모르는 나는 아무래도 이기적이라는 생각이 들어. 날마다 무서운 꿈을 꾸고, 불행한 상상만 하고……. 나는 여전히 날마다 많은 잘못을 저지르고 있어. 지금 이 시간에도 어디선가 핍박을 당하고 있을 유대 인 동포들을 생각하면 눈물이 나와.

지금 할 수 있는 일은 기적을 일으켜서 불행한 사람들을 구원해 주시도록 하느님께 간절하게 기도를 올리는 것뿐이야.

1944년 1월 2일 일요일

키티!

오늘 아침에는 무료해서 그동안 써 놓았던 일기를 뒤적여 보았어.

엄마에 대해 상당히 과격한 표현을 한 곳이 몇 군데나 있어서 깜짝 놀랐어. 그래서 나 스스로에게 질문을 던져 보았어.

'안네 프랑크, 너는 어떻게 감히 엄마에게 그런 말을 쓸 수가 있었니?'

일기장을 무릎에 펼쳐 놓고 나는 잠시 멍하니 생각에 잠겼어. 어째서 이렇게 가족을 향해 분노를 표시했고, 또 이토록 증오에 찬 태도로 일기를 적었을까? 아무리 돌이켜 생각해 보아도 왜 그랬는지 대답할 수가 없었어. 그러니 어쩔 수 없이 나는 일 년 전의 나를 이해하고 용서하기로 마음먹었어.

그때도 그랬지만, 지금도 나를 괴롭히는 것에 대해서는 흥분하기 쉬운 성격 때문에 상대방의 말을 침착하게 받아들여서 냉정하게 대답하지 못하고 있어.

내 껍데기 속에 틀어박혀서 오직 자기 일만을 생각하고, 모든 기쁨과 슬픔, 경멸 등을 남몰래 일기에 적는 것으로 만족해 하고 있는 나.

이 일기는 나에게 커다란 의미가 있는 존재야. 내가 겪었거나 지금 겪고 있는 많은 일에 대해 하나의 회고록이 되기 때문이야.

그러나 나는 많은 페이지에 '이것은 이미 지나간 일, 모두 끝난 일'이라고 쓸 수도 있어야 했어. 전에는 엄마가 못마땅해서 견디기 힘들 정도로 괴로웠던 적이 많았어. 하지만 지금은 화내는 일이 드물어졌어. 엄마가 내 기분을 모르는 것은 여전하지만, 나도 엄마의 기분을 모르고 있으니 마찬가지인 셈이야.

엄마가 나를 깊이 사랑하고 있으며, 상냥하게 대해 주려고 애쓰시는 것은 분명한 사실이야. 그러나 나 때문에 초조한 나머지 그 기분을 나에게 쏟아 낸 적이 가끔 있었어.

솔직히 말하면, 서로 불쾌하고 비참한 얘기를 끊임없이 주고받았던 셈이야. 어느 편을 위해서나 그건 결코 즐거운 일이 아니지만, 그것도 이미 지난 일이 되어 버렸어.

예전의 나는 이런 것을 바로 볼 용기가 없어서 나 자신만을 몹시 가엾게 생각했어. 그러나 돌이켜 생각해 보면 나 자신을 이해할 수 없는 것도 아니야. 일기장에 과격하고 슬픈 얘기를 쓴 것은 그저 마음속에서 끓고 있는 분노의 돌파구였을 뿐이야.

내가 평범한 생활을 하고 있었다면 그런 분노 같은 것은 방 안에서 문고리를 걸어 잠그고 발을 동동 구르거나, 엄마가 없는 곳에서 실컷 비난을 하는 것만으로 잊어버릴 수 있었을 테니까.

엄마가 나 때문에 눈물을 흘려야 하는 그런 시기는 이제 지났어. 나도 조금씩 철이 들면서 현명해지고 있고, 엄마도 한때 나에게 그랬던 것처럼 지나치게 신경을 곤두세우고 있지는 않으니까.

서로 감정이 상했을 때, 나는 대개 입을 다물어 버려. 따라서 우리 사이에 전보다 훨씬 마찰이 줄어든 건 당연해. 하지만 응석받이처럼 엄마 뒤를 졸졸 따라다닐 생각은 조금도 없어.

지금의 나는 엄마에 대한 비난을 이렇게 비밀 일기장에 쓴 것을 그나마 다행이라고 생각하며 나 자신을 위로하고 있어. 만일 그 험한 이야기를 입 밖으로 뱉어 냈더라면, 엄마는 마음의 상처를 심하게 입었을 테니까.

사춘기 소녀

1944년 1월 6일 목요일

사랑하는 키티!

요즘 들어 부쩍 누군가와 대화를 나누고 싶은 생각이 드는 건 무엇 때문일까? 그 상대로 문득 떠오른 사람이 하필이면 페터라는 것도 이상한 일이지.

낮에 가끔씩 페터의 방으로 놀러 가는데, 그 방에 가면 언제나 마음이 편안해져. 하지만 페터는 워낙 내성적이기 때문에, 누가 오는 걸 싫어할까 봐서 오래 있지는 못 해.

페터의 입에서 이야깃거리가 나오게 할 방법을 연구하다가 퍼뜩 떠오른 게 있어.

페터는 요즈음 낱말 퍼즐 게임에 푹 빠져서 살아. 나는 슬그

머니 곁에 앉아 작은 테이블을 사이에 두고 있었어. 그러다가 문득 얼굴을 들어 서로를 마주 보게 되었어.

아, 그 순간 페터의 얼굴이 벌겋게 달아올랐어. 나도 그만 아무 말도 못한 채 얼굴을 돌리고 말았어.

'페터, 무슨 말이든 좋으니까 너에 대한 이야기를 해 주지 않을래? 우리 사이에 좀 더 멋진 이야기가 있을 수 있잖아!'

그러나 나는 마음속으로만 외쳤을 뿐 입 밖에 내지는 못했어.

그리고 그날 밤, 여러 가지 생각을 하다가 소리 없이 눈물을 흘리고 말았어. 내가 먼저 페터와 친해지려 했다고 생각하니 너무 자존심이 상했어.

어쨌든 난 꿈속에서 페터를 만났어. 꿈속에서 눈이 마주쳤는데, 깊고 파란 그의 눈이 얼마나 아름다운지 한참 동안 넋을 잃고 바라보았어.

아아, 꿈속에서 정답게 속삭이던 페터의 목소리가 아직도 내 귓가에 쟁쟁하게 들리는데…….

키티!

내가 어느덧 페터를 좋아하고 있는 걸까?

1944년 1월 12일 수요일

키티!

베프는 2주일 전부터 다시 사무실에 나올 수 있게 되었어. 미프와 헹크는 배탈이 나서 이틀 동안 쉬기로 했고.

나는 요즈음 댄스와 발레에 열중하고 있어. 밤이 늦도록 기본 동작을 익히는 중인데, 엄마의 속옷으로 연습복까지 그럴듯하게 만들었어. 내가 생각해도 처음보다는 몸이 많이 유연해졌어.

연습 중에 가장 힘든 것은 양손으로 양쪽 발뒤꿈치를 잡고 두 다리를 동시에 공중으로 들어 올리는 동작이야.

요즘 이곳 식구들은 ≪구름 없는 아침≫이라는 책을 읽느라고 바빠. 아이들에 대한 여러 가지 문제가 적혀 있어서 엄마는 이것을 아주 좋은 책이라고 생각하시는가 봐.

나는 마음속으로 빈정거리고 싶어지기도 해. '그보다도 엄마의 자식이나 좀 더 걱정해 주는 것이 어때요?'라고 말이야.

엄마는 아마도 우리 집만큼 모녀 사이가 원만하고, 또 자신만큼 자식에 대한 사랑이 깊은 사람은 없을 거라고 여기는 모양이야. 그러나 내 생각은 그렇지 않아. 마르고트 언니만 보더라도 그럴 만하다고 고개가 끄덕여져. 누가 보더라도 엄마가 나보다는 언니를 더 사랑하는 건 분명해. 하지만 이제 그런 일 때문에 엄마를 괴롭히고 싶지는 않아. 그런 점은 엄마의 전부가 아니라 어느 한 부분일 뿐이라고 생각되기도 하거든.

요즘 언니는 내게 몹시 상냥해졌어. 옛날처럼 심술쟁이가 아니라 진짜 친구가 되어 가고 있어. 이제는 나를 어린아이 취급하거나 따돌리는 일은 없어.

나는 남의 눈을 통해서 나 자신을 바라보려고 하는 이상한 버릇이 있어. 그럴 때는 마치 남의 일처럼 '안네 프랑크'의 문제를 편안한 시각으로 바라볼 수가 있어. 나는 이곳에 오기 전까지는 지금처럼 여러 가지 일을 생각해 본 적이 없었어.

내가 그만큼 성숙해진 탓일까? 가끔 내 자신이 엄마나 아빠, 언니와는 아무 관계도 없는 사람처럼 느껴지기도 해. 그러다가도 내가 너무 행복에 겨워서 응석을 부리는 거라면서 나 자신을 꾸짖기도 했어. 그래서 억지로라도 주위 사람들에게 친절하게 보이기 위해 애를 쓴 시기가 있었어.

예전에는 누군가 아래층으로 내려오는 발걸음 소리가 들리면, 그게 엄마였으면 하면서 엄마가 나에게 '안녕!' 하고 말해 주면 좋겠다고 생각하며 가슴을 두근거리기도 했어. 그런데 그런 웃음을 기대하면서 내가 먼저 반갑게 아침 인사를 하면, 엄마는 차가운 반응을 보이곤 했어.

학교에서 돌아오는 길에는 엄마한테도 여러 가지 괴로움이 있기 때문일 거라고 한껏 엄마를 이해하면서, 집에서는 다시 명랑한 기분이 되어 신나게 떠들지만, 정신을 차리고 보면 떠들고 있는 것은 언제나 나 혼자뿐이야. 그것을 다시 알아차리게 되면 가방을 들고 우울한 얼굴로 방에서 나오는 거야.

때로는 절대로 말을 않겠다고 결심할 때도 있지만, 학교에서 돌아올 때는 언제나 엄마한테 들려주고 싶은 이야기가 산더미처럼 쌓여서 그런 결심은 어느새 날아가 버리곤 했어.

엄마가 무슨 일을 하고 있든지, 한나절 동안 모아 둔 내 수다를 듣지 않을 수 없게 만들어 버리는 거야.

그 뒤 상황이 자꾸만 나빠지더니, 드디어 지금과 같은 상태가 되고 말았어.

1944년 1월 22일 토요일

사랑하는 키티!

사람들은 왜 자기의 본심을 애써 감추려고만 할까? 어째서 우리는 항상 남 앞에 나서면 마음에도 없는 행동을 하게 되는 것일까?

거기에는 분명 그만한 이유가 있겠지만, 가장 가까운 가족에게까지 본심을 밝히지 못한다는 것은 정말 비극이야.

지난번에 페터 꿈을 꾸고 나서부터는 어쩐지 내가 훨씬 어른이 된 듯한 기분이 들어. 판단 아저씨네에 대한 내 태도는 완전히 달라졌어. 키티, 내가 이렇게 말하면 모두들 깜짝 놀랄 거야.

어쨌든, 판단 아저씨네와 말다툼을 하거나 싸움을 하는 것이 전과는 다르게 보이기 시작했고, 예전처럼 우리만 옳다는 생각을 떨쳐 버리게 되었어. 어째서 내가 이렇게 달라질 수가 있을까? 나는 그걸 문득 깨달았다고 생각했어.

만일 엄마가 조금만 더 사려 깊은 사람이었다면, 판단 아저씨네와의 관계도 진작 달라졌을 거라고 생각해.

확실히 판단 아주머니는 상대하기 편한 사람은 아니야. 그렇지만 이야기가 미묘해지면 엄마도 약간은 신경질적으로 변하는 것이 사실이야. 조금만 참았으면 싸움의 절반은 피할 수 있었을 것이라고 생각해.

판단 아주머니에게도 좋은 면이 있는데, 상대방이 좋게 이야기해 주면 그것을 곧잘 받아들인다는 점이야. 이기적이고 엉큼스러운 면이 없지는 않지만, 약을 올리거나 기분을 상하게만 하지 않으면 상대편이 하는 말을 쉽사리 이해해 주는 면도 있다는 뜻이지.

언제나 그런 수법이 통한다고는 할 수 없지만, 끈기 있게 몇 번이고 되풀이하면 결국 성공할 수 있다는 것을 알게 되었어.

지금까지의 여러 가지 문제, 즉 우리가 버릇없이 군 일이라든가 음식물에 관한 사소한 대립 등등의 문제에 대해서 보다 솔직하게, 친절한 태도를 잃지 않으며, 말꼬리를 물고 늘어지려는 태도만 보이지 않았다면 우리 관계가 그렇게까지 되지는 않았을 거야.

키티, 너는 나에게 이렇게 말할지도 모르겠어.

"안네, 네 입에서 어떻게 그런 말이 쉽게 나올 수 있어? 지금까지 4층 사람들로부터 그토록 심한 말을 들어 왔고, 그렇게 부당한 취급을 당했는데도 그게 가능하단 말이야?"

그러나 나는 이 문제에 대해서 철저하게 다시 파헤쳐 보려고 해.

나쁜 점을 그대로 따라 배우면 곤란해. 모든 것을 자신의 판단력으로 신중하게 검토하고, 무엇이 진실이고 무엇이 과장되어 있는가를 확인하고 나서도 만일 내가 판단 아저씨네에게 실망하게 된다면 엄마 아빠와 같은 태도를 취할 거야.

그러나 만일 그렇지 않다면 먼저 부모님이 생각을 바꾸도록 노력하고, 그마저 잘되지 않을 때는 기꺼이 내 판단에 따를 거야. 기회를 봐서 모든 문제점에 대해 판단 아주머니와 솔직하게 터놓고 이야기하여, 주제넘다고 외면을 당하는 일이 있더라도 나는 확실히 중립을 지킬 거야.

이는 결코 내 가족에 대한 적대 행위가 아니야. 나는 오늘부터라도 경솔하게 험담 같은 것은 일기에 쓰지 않을 작정이야.

키티!

시간이 흐를수록 연합군의 상륙 작전에 대한 기대가 전국적으로 높아져 가고 있어. 신문에는 온통 상륙 작전에 관한 기사뿐이야.

한 가지 예를 들면, 영국군이 네덜란드에 상륙을 하면 독일군은 이 나라를 방어하기 위해 모든 수단을 다할 것이며, 필요하다면 홍수 작전까지 쓸 거라는 보도가 있었어. 그 기사를 읽고 국민들은 더욱 불안에 떨고 있는 상황이야. 그 신문에는 홍수 작전으로 물에 잠길 가능성이 있는 지역의 지도까지 상세하게 그려져 있었어.

그 기사에 따르면, 암스테르담의 대부분이 물에 잠길 것이라고 해. 여기서 첫 번째 문제는 만약 물이 1미터 이상 차오르면 우리는 어떻게 해야 되느냐는 거야. 이것에 대한 우리의 의견은 각양각색이었어.

"자전거조차 탈 수 없을 테니 흙탕물을 헤치고 맨발로 걸어 다니는 수밖에 없겠지."

"아니야, 헤엄을 쳐야 해. 모두 수영 모자를 쓰고 가능한 한 물 밑으로만 헤엄을 치며 다녀야 해. 그렇게 하면 우리가 유대 인이라는 것도 발각되지 않을 거야."

"바보 같은 소리 하지 마세요! 물속에서 쥐가 다리를 갉아 먹는데도 여자들이 계속 헤엄을 칠 수 있을 것 같아요?"

이것은 남자들이 한 말이야.

"상황이 그렇게 되면 어차피 이 집에서 나갈 수가 없어. 홍수가 나면 맨 먼저 창고가 무너질 거예요. 지금도 낡아서 여기저기 삐거덕거리고 있으니까."

"농담은 그만두세요. 어떻게 해서든지 우리는 안전하게 타고 갈 보트를 준비해야 한다구요."

"무엇 때문에 그런 고생을 해? 훨씬 좋은 생각이 있어요. 각자 다락방에서 나무 상자를 하나씩 타고 수프를 젓는 주걱으로 노를 젓는 거야."

"나는 차라리 죽마를 타겠소. 어렸을 때는 죽마를 잘 탔으니까."

"헹크라면 그런 것이 필요 없을 거야. 그가 미프를 업으면 그녀는 죽마를 탄 것과 같을 테니까 말이야."

이런 이야기는 듣기에는 재미있을지 모르지만, 현실에서는 그렇게 한가한 농담거리가 아니야.

상륙 작전에 따르는 다음 문제는, 만일 독일군이 암스테르담에서 철수한다면 우리는 어떻게 행동해야 하느냐는 거야.

"물론 우리도 나가야지. 변장을 하고서 말이야."

"그건 안 돼! 무슨 일이 있어도 여기 남아 있어야 해. 그 방법 외에 다른 길은 없어. 독일군의 힘이라면 국민 전체를 독일까지 몰고 갈 수도 있어. 일단 끌려가면 거기서 모두 죽는 거야."

"그래요, 당연해요. 여기에 남아야 해요. 물론 여기가 가장 안전하기 때문이죠. 어떻게 해서라도 클레이만 씨 가족까지 불러서 여기서 함께 살 수 있도록 해야만 해요. 톱밥 한 가마니만 얻으면 바닥에 담요를 깔고 잘 수 있어요. 당장 미프와 클레이만 씨에게 말해서 담요를 가지고 오도록 합시다."

"옥수수는 지금 30킬로그램 정도가 남아 있는데, 좀 더 주문을 하도록 합시다. 헹크에게 부탁하여 완두콩과 강낭콩도 더 구하도록 하고요. 지금은 완두콩과 강낭콩이 조금밖에 남아 있지 않으니까. 채소 통조림은 50통이 있고……."

"여보, 그 밖의 식량은 얼마나 남아 있소?"

"생선 통조림이 10개, 우유 40통, 가루우유 10킬로그램, 샐러드기름이 3병, 보존 용기에 든 버터가 4병, 마찬가지로 고기가 4병, 딸기 잼이 2병, 토마토 잼이 20병, 납작보리와 쌀이 약간, 이게 전부예요."

"그 정도면 양이 적은 건 아니지만, 만약에 다른 가족까지 합류하게 된다면 도저히 안심할 수가 없소. 게다가 날마다 앉아서 식량만 소비해야 할 판국이니까. 석탄과 장작은 충분히 있소? 양초는? 만일에 대비해서 옷 속에 쉽게 감출 수 있는 작은 지갑을 만듭시다.”

“만일의 사태에 대비해서 지금부터 가지고 갈 귀중품 목록을 만들어 둡시다. 가능하다면 지금부터 배낭에 담아 두고요. 만일 상황이 나빠지게 되면 두 사람이 망을 보도록 합시다. 한 사람은 지붕 앞에서, 또 한 사람은 뒤에서 보초를 서는 겁니다.”

“그런데 만약 수도나 가스, 전기가 끊긴다면 어떻게 하지요?”

“그렇게 되면 난로에 불을 피워서 끓여 먹어야지. 물은 걸러서 끓여 마시고. 우선 큰 병을 몇 개 비워서 거기에 물을 가득 채우도록 합시다.”

요즘에는 아침부터 저녁까지 내가 들을 수 있는 이야기란 대부분 이런 것이야. 연합군의 상륙 작전에 관한 것만이 화젯거리니까. 굶주림의 고통과 죽음에 관한 것, 폭탄과 소화기와 침낭과 유대 인 증명서와 독가스와 기타 이것저것에 대한 끊임없는 의논뿐이야.

나는 주위의 소동이나 이러쿵저러쿵하는 토론과는 전혀 관계없이 시종 침묵을 지키고 있어. 이제는 나의 생사가 어떻게 되더라도 일체 신경을 쓰지 않기로 했기 때문이야.

내가 이 세상에서 없어져도 지구는 계속해서 돌 것이며, 일어날 만한 일은 어김없이 일어나고야 말 테니까. 어떤 방법으로 저항을 한다 해도 아무런 소용이 없을 거라는 걸 알게 되었어.

나는 내 운명을 하늘에 맡기고, 언젠가는 모든 것이 좋아지기를 바라면서 오로지 공부에 열중할 뿐이야.

가슴속에 움트는 봄

1944년 2월 12일 토요일

키티!

태양이 밝게 빛나고 있어. 하늘은 맑게 개고 상쾌한 산들바람이 불고 있어.

그 속에서 나는 깊은 그리움에 빠져 있어. 보다 많은 사람과 이야기를 나누고 싶고, 자유롭고 싶고, 친구가 그리워.

때로는 혼자 있고 싶기도 하고, 무엇보다도 실컷 울고 싶을 때도 있어. 많은 소망 때문에 가슴이 터질 것 같지만, 한바탕 울고 나면 아주 개운해질 것 같기 때문이야. 하지만 그렇게 되지 않아. 도무지 마음이 안정되지 않아서 이 방 저 방을 돌아다니기도 하고, 닫힌 창의 틈새로 심호흡을 하며 내 심장이 뛰는 것을 느껴 보기도 해.

지금 내 가슴속에는 따스한 봄 햇살이 들어와 있는 것 같아. 봄이 기지개를 켜기 시작했다는 것을 나는 온몸으로 느끼고 있어.

그래서 평소처럼 행동하기가 몹시 어렵고 머리가 혼란스러워져서 무엇을 읽어야 할지, 무엇을 써야 할지, 무엇을 해야 좋을지 도대체 갈피를 잡을 수가 없어. 단지 내가 느끼는 것은, 지금 내가 무엇인가를 몹시 그리워하고 있다는 사실이야.

1944년 2월 27일 일요일

키티!

요즈음은 아침부터 밤늦게까지 페터에 대한 생각으로 다른 일이 손에 잡히지 않아. 어쩐지 그 얼굴이 자꾸 떠오르고 그에 대한 꿈을 자주 꾸는데, 잠이 깬 뒤에도 페터가 나를 계속 쳐다보고 있는 것 같은 느낌이 들어. 겉으로 보기에 나와 페터는 아무런 공통점이나 친근한 구석이 없어 보이는데, 사실은 그렇지 않아.

우리 둘은 모두 엄마의 따뜻한 사랑을 받지 못하고 있는 사람들이야. 페터의 엄마, 즉 판단 아주머니는 마음이 차분하지 못해서 아들의 속마음 따위에는 관심조차 없어. 우리 엄마 역시 나에게는 자상한 엄마로서의 모습을 보여 주지 않아.

페터와 나 두 사람 모두 자기 마음속의 감정을 혼자 삭이느라고 애쓰고 있어. 감수성도 예민해서 남에게 무시당하는 걸 참지 못하는 성격이야.

키티!

우리가 이렇게 공통점이 많다는 걸 알겠지? 그렇다면 우리 마음이 언제쯤이면 서로 통할 수 있을까?

1944년 3월 2일 목요일

키티!

오늘은 언니와 함께 다락방에 갔어. 그다지 즐거운 일은 없었지만, 언니도 많은 것에 대해 나와 같은 감정을 가지고 있다는 걸 알게 되어서 기뻤어.

설거지를 하고 있을 때, 베프가 엄마와 판단 아주머니에게 이따금 마음이 몹시 우울해질 때가 있다고 하소연하는 소리를 들었어. 그러나 엄마나 판단 아주머니는 베프의 마음을 위로해 주지 못했어. 냉정하기로 소문난 우리 엄마가 베프에게 말했어.

고통을 당하고 있는 다른 사람들을 생각해야 한다고 말이야.

"자신이 이미 불행에 빠져 있는데, 다른 사람의 불행을 먼저 생각하라고요?"

내가 그렇게 말했더니, 엄마는 또 나에게 꾸중을 하시는 거야.

"어른이 하는 말에 아이들이 함부로 끼어드는 게 아니야!"

어른들이란 참으로 어처구니없을 때가 많아. 페터와 언니, 베프와 나 모두가 지금 상태에 대해 같은 감정을 가지고 있다는 것을 몰라주니 말이야. 또한 엄마의 애정과, 다정한 친구의 우정만이 우리를 위로해 줄 수 있다는 것도 까맣게 모르고 있어.

아아, 그때 나는 얼마나 베프에게 위로의 말을 건네고 싶었는지 몰라. 그런데 아빠가 끼어들어서 그만 그를 위로해 주지 못하고 말았어.

모두들 왜 이렇게 어리석은지 모르겠어. 우리 같은 아이들은 자기 의견도 마음껏 나타내서는 안 되는 것인지. 사람의 입을 막을 수는 있어도 생각까지 막을 수는 없어. 아무리 나이 어린 아이일지라도 자기 의견을 표현하지 못하게 해서는 안 된다고 생각해.

진실된 애정과 배려가 베프와 언니, 그리고 페터와 나를 불행한 생각 속에서 건져 낼 수 있을 테니까.

그러나 우리는 아무도 그것을 얻지 못하고 있어. 두 분 어머니와 남자 어른들 중 누구 한 사람도 우리를 이해하지 못하기 때문이야.

어른들은 모르겠지만, 우리는 그분들이 생각하는 것보다 훨씬 감수성이 예민하고 훨씬 앞선 생각을 가지고 있는데도 말이야.

엄마는 자꾸 투덜투덜 불평을 할 때가 많아. 요즈음은 내가 우리 엄마보다는 판단 아주머니와 이야기를 나누는 경우가 많으니까 샘을 내고 있는 게 분명해.

오늘 오후에는 간신히 페터를 붙잡고 이야기를 할 수 있었어. 페터는 좀처럼 자기 이야기를 꺼내려 하지 않기 때문에, 그의 마음속 이야기를 끌어내는 데는 무척 애를 먹어야 했어.

페터는 자기 부모님이 정치에 대해서, 때로는 담배에 관해서, 그리고 다른 사소한 문제를 놓고 계속 말다툼을 하고 있다고 몹시 못마땅해 했어.

그래서 이번에는 내가 우리 부모님에 관한 이야기를 꺼냈더니, 페터는 우리 아빠를 변호하면서 훌륭한 분이라고 추켜세웠어. 그리고 우리는 서로의 집안에 대해 이야기를 했어. 페터에게는 우리 가족이 자기 부모님을 좋아하지 않는다는 사실이 꽤 뜻밖인 모양이야. 그래서 내가 말했어.

"페터, 나는 언제나 솔직한 성격이라는 걸 잘 알고 있지? 그러니까 너의 부모님께 결점이 있다는 것을 너에게 말해 주려는 거야. 나는 어떻게 해서라도 너에게 힘이 되고 싶어서 그래, 괜찮지?"

"안네, 나에게 힘이 되어 주겠다면 얼마든지 환영해!"

"그렇다면 어려운 일이 있으면 우리 아빠하고 상의하면 어떨까? 적어도 널 해롭게 하지는 않으실 거야. 네가 믿고 의지할 만큼 편안한 분이거든."

"그래, 안네의 말이 맞아. 믿고 의지할 만한 분이시지."

"우리 아빠, 참 좋지?"

다그치는 듯한 내 물음에 페터는 고개를 크게 끄덕였어.

"우리 아빠도 널 아주 좋아하신단다."

그러자 페터는 깜짝 놀란 듯이 고개를 들고 얼굴을 붉혔어.

이런 대수롭지 않은 말 한마디가 그토록 그를 기쁘게 할 줄은 미처 몰랐어.

"뜻밖이구나. 너의 아버지께서 정말로 나를 그렇게 생각하실까?"

"그럼, 물론이야. 가끔 너에 대해 한마디씩 하시는 걸로 금방 알 수가 있었는걸."

1944년 3월 7일 화요일

지금에 와서 1942년의 내 생활을 생각하면 마치 꿈을 꾼 것만 같아. 그때의 안네는 지금과는 아주 딴판이었어.

돌이켜 보니 그때는 정말 천국 같은 생활이었어. 어딜 가나 나를 따르는 남자 친구들이 있었고, 학교에서는 모든 선생님의 귀여움을 독차지했어. 집에서는 심하게 응석을 부렸고, 과자며 용돈을 얼마든지 받을 수 있었으니 더 이상 바랄 게 없었어.

선생님들은 꾸밈없이 솔직한 내 대답과 우스갯소리, 호기심에 불타는 눈빛을 사랑해 주셨어. 물론 나에게는 선생님으로부터 귀여움을 받을 만한 좋은 점이 몇 가지 있었어.

무엇보다도 열심히 공부했고, 또한 솔직한 성격이었으니까. 아무리 힘들어도 꾀를 부리거나 남의 시험지 답안을 기웃거리는 짓 같은 것은 생각해 본 적이 없었어. 나는 먹을 것이 있으면 친구들에게 아낌없이 나누어 줄 줄도 알았어.

지난날 나는 여러 가지 면에서 혜택받은 아이였지만, 그런 것이 꼭 행복했던 것만은 아니야.

나는 이따금 외로움을 느끼기도 했어. 그러나 그런 것은 그다지 중요하게 여기지 않았으며, 될 수 있는 대로 즐겁게 생활하려고 노력했어. 의식적으로 그랬는지 무의식적으로 그랬는지 모르지만, 나는 외롭고 쓸쓸한 감정을 장난이나 농담으로 떨쳐 버리려고 했어.

이제는 내 인생에 대해서 진지하게 생각하고 있어. 흘러간 시간은 영원히 다시 돌아오지 않는다는 것을 알기에, 이제는 마냥 즐거운 생각만 하면서 살 수는 없어.

1942년부터 이곳으로 숨어 들어와 생활하면서, 내가 생각해도 나는 놀라울 정도로 많이 변했어.

1943년 초까지만 해도 나는 늘 혼자서 울며 지냈어. 그러는 동안 나는 자신의 결점을 조금씩 깨닫게 되었던 거야. 꾸중을 듣지 않기 위해서는 자신의 성격마저 고쳐 나가야 하는 힘든 일을 혼자서 해야만 했어.

내가 노력한 덕분인지, 그해가 끝날 무렵에는 조금씩 좋아졌어. 그래서 나는 조금은 더 성인으로 대우를 받기 시작했어.

여러 가지 일에 대해 깊이 생각하게 되었고, 글도 썼으며, 아무도 나에게 이래라저래라 말할 권리가 없다는 것도 깨닫게 되었어. 나는 나 자신이 원하는 바에 따라 스스로를 변화시키려고 나름대로 노력해 왔어.

아빠까지도 나의 모든 것을 털어놓고 의논할 마음의 친구가 될 수 없다는 사실을 깨닫게 되었을 때는, 정말이지 너무나 큰 충격을 받았어.

그래서 나는 나 자신 외에는 세상의 어느 누구도 믿지 않을 생각이었어.

그리고 올해 초에 나에게 두 번째의 큰 변화가 일어난 거야. 여자 친구가 아니라 남자 친구를 더 원하며 꿈꾸게 되었다는 것. 또한 내 마음의 행복을 발견하고 자신의 진심을 감추기 위해서는 때론 경솔하고 쾌활한 척할 줄도 알게 되었다는 것.

잠자리에 들어 기도할 때마다 내 마음은 기쁨으로 가득 차곤 해.

"하느님께서 주신 것, 착하고 사랑스럽고 아름다운 모든 것에 감사합니다!"

이럴 때 나는 결코 불행에 대해서는 생각하지 않아. 이 세상에 아직 남아 있는 아름다움만을 생각해.

이 점에서 엄마와 나는 서로 의견이 달라. 누군가 우울할 때, 엄마는 다른 사람의 불행을 생각하고 자기만이 유일하게 불행을 겪고 있다고 생각하지 말라고 충고하지만, 나는 속으로 이렇게 말해.

"들로 나가서 자연과 햇볕의 따뜻함을 즐기고, 자기 자신과 하느님 안에서 행복을 찾으려고 노력하세요. 자기 안에 숨어 있는 행복을 다시 한 번 끌어내기 위해 노력해 보세요. 그리고 주위에 아직 남아 있는 모든 아름다운 것을 생각하세요. 그러면 행복은 금방 당신 곁으로 찾아옵니다!"

행복한 사람은 다른 사람까지도 행복하게 만드는 힘이 있다는 걸 어렴풋이 알 것 같아. 용기와 신념을 가진 사람이라면 결코 불행하지 않을 거야.

언니의 편지

사랑하는 키티!

나는 페터와 마음이 통한다는 느낌으로 한동안 행복했어. 그런데 이제 그 조그마한 행복에 그림자가 드리워지고 있어.

나는 오래전부터 마르고트 언니가 페터를 좋아하고 있다고 생각했어. 내가 페터와 조용히 만나 이야기를 나눌 때마다 어쩌면 언니는 기분이 나빴을 거야.

하지만 언니는 그런 마음을 밖으로 드러내지 않는 성격이야. 나 같으면 질투가 나서 어쩔 줄 몰라 할 텐데, 언니는 내게 신경쓸 것 없다고 쉽게 말할 뿐이야.

"언니는 이 집에서 혼자 따돌림을 당하는 게 불쾌하지도 않아?”

“괜찮아, 난 그런 데 익숙해 있으니까.”

조심스러운 내 물음에 언니는 약간 슬픈 듯이 말하곤 했어.

어젯밤에는 엄마한테 심하게 꾸지람을 들었어. 엄마를 업신여겼다는 것이 그 이유였어. 앞으로는 나도 누구든지 상냥하게 대하도록 노력해야겠어.

아빠는 요즈음 나를 아이로 취급하지 않으려고 애쓰기 때문에 어떤 때는 오히려 냉정하다는 느낌이 들 정도야. 수학 공부만큼은 앞으로 아빠에게 도움을 받아야 하는데, 자상하게 가르쳐 줄지 그것이 걱정이 돼.

오늘 아침에는 언니로부터 편지를 받았어. 언니가 얼마나 착한 사람인지, 누구라도 이 편지를 읽으면 인정하게 될 거야.

사랑하는 안네에게

안네, 내가 널 질투하지 않는다고 말한 것은 실은 솔직한 대답이 아니란다.

사실 나는 너를 질투하지는 않지만, 내 생각이나 감정을 털어놓고 이야기할 상대를 찾지 못했고, 앞으로도 얼마 동안은 그 상대를 발견할 수 없을 것 같아.

나는 그런 사실을 슬프게 여기고 있을 뿐이야.

그런 것이 너에게 불평할 성질의 일은 못 되잖아. 다른 사람들에게는 당연한 일도 여기서는 모두 제한받고 자유롭지 못하니까 참는 수밖에 없겠지.

어떤 사람과 마음을 터놓으려면, 나는 별로 이야기를 하지 않아도 상대가 내 마음을 잘 알고 또 이해해 주고 있다는 느낌이 들어야 된다고 생각해.

그렇기 때문에 상대방은 나보다 훨씬 낫다는 생각을 갖게 하는 사람이라야 하는데, 페터는 그렇지 못해.

하지만 너와 페터는 잘 어울리는 것 같아.

너는 내 상대를 빼앗은 게 아니야. 그러니 나 때문에 네 스스로를 책망하지 말기 바라.

너와 페터가 진정한 우정으로 발전되어 가기를 기도할게.

-언니 마르고트로부터

다음은 내가 언니에게 쓴 답장이야.

마르고트 언니에게

언니의 다정한 글, 참으로 고맙게 읽었어. 하지만 아무래도 나는 그다지 좋은 기분이 아니야. 또한 앞으로도 마찬가지일 거야.

언니가 생각하는 것만큼 페터와 나 사이가 그렇게 믿고 의지하는 정도는 아니야.

하지만 해질 무렵 열어 놓은 창가에서 서로 마주 보고 있으면 누구나 자연스럽게 이야기를 나눌 수 있게 돼.

자신의 감정을 소리 높여 외치기보다는 가만히 속삭이는 것이 더 잘 표현되는 법이잖아?

언니는 페터에 대해 누나와 같은 애정으로 그를 위로하고 싶을 거라고 나는 믿고 있어. 물론 우리가 생각하는 신뢰감과는 다른 종류이겠지만.

내가 언니를 얼마나 사랑하고 있는지 언니는 모를 거야.

나는 언니와 아빠의 좋은 점을 본받아서 조금이라도 내 것으로 만들려고 애쓰고 있는 중이야.

-동생 안네가

1944년 3월 22일 수요일

키티!

어젯밤에는 언니에게서 다음과 같은 편지를 또 받았어.

사랑하는 안네에게

어제 너의 편지를 읽고, 네가 페터를 찾아갈 때마다 양심의 가책을 받는 것 같은 생각이 들어서 내 기분이 그다지 좋지는 않았단다.

그러나 네가 그럴 이유는 정말로 없다고 생각해.

나는 누군가와 서로 신뢰감을 나눌 권리가 있다고 믿지만, 그 상대가 결코 페터가 될 수는 없다고 진심으로 생각하고 있어.

하지만 네 말처럼 페터가 내 남동생 같은 느낌은 갖고 있어. 형제 같은 느낌 말이야. 서로의 마음이 닿으면 남매 같은 애정이 싹트겠지. 앞으로 이 싹이 더 자랄지 어떨지는 모르겠지만, 아직 그 단계에까지 이르지 않은 것만은 확실하단다.

그러니까 너는 나를 동정할 필요가 조금도 없어.

친구를 찾고 우정을 발견했으니 마음껏 그 기쁨을 누리도록 해야 해.

-언니 마르고트로부터

솔직히 말해서 나는 페터가 지금 나를 가까운 친구로 생각하고 있는지, 아니면 단순히 누이동생으로 생각하고 있는지 정확히 모르겠어.

어쨌든 부모님의 말다툼이 심해서 우울할 때면 나에게서 위안을 얻는다는 페터!

그는 이제 내가 놀러 가면 반겨 주고, 함께 프랑스 어 공부도 열심히 해. 지금에 와서 자세히 보니 그는 정말 잘생겼어.

웃을 때나 뭔가를 바라보며 골똘히 생각에 잠긴 모습도 얼마나 멋있는지 몰라.

내가 페터의 새로운 모습을 발견한 것처럼, 그도 내가 겉보기보다는 고민도 많고 꿈도 많은 소녀라는 걸 알고 꽤 놀랐을 거야.

공포의 나날들

1944년 3월 27일 월요일

이곳의 생활에서 우리가 가장 관심을 가지게 되는 것은 역시 정치 문제야. 하지만 나는 이 문제에 대해 특별한 흥미를 느끼지 않아서 지금껏 쓰지 않고 있었어.

하지만 오늘은 정치에 대한 얘기로 이 일기장을 가득 채울 생각이야. 정치 문제에 대해서는 서로 의견이 다를 수밖에 없는데, 그 문제를 둘러싸고 서로 싸우는 건 정말 바보 같은 짓임에 틀림없어.

바깥에 나간 사람들은 가끔 아주 믿지 못할 소식을 갖고 와. 하지만 지금까지 라디오는 한 번도 거짓말을 하지 않았어. 헹크, 미프, 클레이만 씨, 베프, 퀴흘레르 씨 등이 말하는 정치에 대한 얘기는 모두가 뒤죽박죽이야.

하지만 이곳에 함께 사는 사람들의 정치에 대한 생각은 늘 한결같아. 연합군의 상륙 작전, 지난밤 공습에 관한 얘기, 정치가들의 연설 등등……. 언제나 논쟁 가운데 꼭 나오는 말이 있어.

"그것은 도저히 불가능한 일이야!"

"상륙 작전이 시작됐다 하더라도 전쟁은 계속될 거야!"

"틀림없이 좋은 결론이 날 거야!"

모두들 자기만이 옳다고 떠들어 대는데, 정말이지 이제는 듣기만 해도 지겨워. 정치 이야기를 시작하면 나중에는 모두들 열이 올라서 말싸움으로 번지기 일쑤거든.

요즈음은 독일군이 발표한 뉴스나 영국의 BBC 방송만으로도 만족스럽지 못했는지 '특별 공습 정보'까지 듣게 되었어. 이 정보는 희망적이기도 하지만 어떤 때는 실망만 가득 안겨 주기도 해. 어떤 날은 라디오를 아침 일찍부터 밤 11시까지 들을 때도 있어.

나 같으면 하루에 한두 번만 뉴스를 들으면 충분할 것 같은데, 아무튼 어른들이라…….

요즈음 이곳 사람들은 식사할 때와 잠자는 시간을 빼고는 거의 모든 시간을 라디오 주위에 둘러앉아 있어.

우리에게 희망을 주는 것은 윈스턴 처칠의 연설이야. 내가 든

기에도 그의 연설은 정말 훌륭해.

일요일 밤 9시가 되면 테이블 위에 따뜻한 차가 놓이고, 우리는 모두 한자리에 모여. 뒤셀 씨는 라디오 왼쪽에 앉고, 판단 아저씨는 라디오 앞에, 페터는 자기 아빠 곁에, 또 그 옆에는 우리 엄마가, 판단 아주머니는 판단 아저씨의 뒤편에, 아빠는 테이블 앞에, 나와 언니는 아빠 곁에 빙 둘러앉아.

남자 어른들은 담배를 피우고, 페터는 눈을 크게 뜨고 열심히 라디오를 듣고 있어. 엄마는 검은 실내복을 입고 있고, 판단 아주머니는 비행기 소리가 들리면 온몸을 벌벌 떨고 있어. 언니와 나는 서로 꼭 껴안고 있고, 페터의 고양이 모시는 우리 둘의 무릎을 베고 느긋하게 누워 있어.

모인 사람들은 연설이 끝나기를 기다리지 못하고 이러쿵저러쿵 논쟁을 벌이기 시작해. 그러다가 서로의 감정을 자극하여 결국은 싸움으로 번지기도 하지.

1944년 4월 4일 화요일

나는 이다음에 꼭 훌륭한 사람이 되고 싶어. 엄마와 판단 아주머니, 또 그 밖의 많은 여자처럼 평생 동안 집안일만 하다가 끝내는 잊히는 생활을 하고 싶지는 않아.

나는 남편이나 아이들 말고도 무엇인가 내 마음을 쏟아붓는 일을 하며 살고 싶어.

그런 의미에서 나는 글을 쓸 수도 있어. 이렇게 내 마음을 표현하며 자기를 발전시켜 나갈 수 있는 재능을 주신 하느님께 감사하고 있어.

글을 쓰는 동안에는 무엇이든지 잊을 수 있어. 가슴 가득 차올랐던 슬픔도 사라지고 용기가 솟아나거든.

정말로 내가 무엇인가를 훌륭하게 써낼 수 있을까? 과연 내가 이다음에 신문 기자나 작가가 될 수 있을까?

정말로 나는 꼭 그렇게 되고 싶어.

1944년 4월 6일 목요일

키티!

오늘은 내 취미에 대해서 이야기해 보려고 해. 우선 내 취미가 너무 많은 것에 놀라지 말아야 해.

첫째는 글 쓰는 일이야. 그러나 어쩌면 이런 건 취미에 들어가지 않을지도 몰라.

둘째는 계보를 조사하고 정리하는 일. 내가 구할 수 있는 모든 신문이나 책, 팸플릿 등으로 프랑스, 독일, 스페인, 영국, 오스트리아, 러시아, 노르웨이, 네덜란드 등의 왕실 계보를 조사하는 건 너무나 재미있는 일이야.

내가 즐겨 읽는 전기나 역사책에서 메모를 하기도 하고, 어떤 때는 역사의 한 구절을 그대로 적어 둔 덕분에 조사가 꽤 진전이 된 적도 있어.

셋째는 역사 과목 공부야. 아빠가 나름대로 역사책을 많이 사 주시긴 했지만, 도서관에 있는 책을 마음껏 뒤져 볼 수 있게 될 날이 애타게 기다려져.

넷째는 그리스 로마 신화 이야기야. 이것에 대한 책도 많이 갖고 있어.

그 밖의 취미로는 유명한 영화배우와 가족의 사진을 모으는 일이야. 또 미술가, 시인, 화가 등의 전기도 아주 좋아하는 편이야.

앞으로는 어쩌면 음악에 미칠지도 모르겠어.

그러나 단 한 가지, 수학은 정말 싫어!

1944년 4월 14일 금요일

키티!

이곳은 여전히 긴장된 분위기야. 아빠는 몹시 기분이 언짢으신 표정이고, 판단 아주머니는 감기로 누워 있으면서 공연히 짜증만 내고 계셔.

판단 아저씨는 그토록 좋아하는 담배를 못 피워서 얼굴이 파리해졌어. 뒤셀 씨는 좀처럼 즐거운 일이 없기 때문에 잔소리가 심해졌어. 모두가 터지기 일보 직전이야.

지금 우리는 몹시 불편한 여건 속에서 지내고 있어. 화장실에는 물이 새고, 수도꼭지도 고장 났어.

그러나 그런 것쯤이야 고치면 돼. 나는 이따금 감상에 빠져들곤 해. 특히 페터와 함께 다락방에 있을 때는 감상에 젖어서 희망으로 가슴이 부풀어 올라. 마음속에서나마 새가 지저귀고, 나무가 무성하게 우거지고, 파란 하늘과 눈부신 태양이 우리를 향해 손짓하고 있는 것만 같아.

그러나 실제로는 주위에 온통 찡그린 얼굴들뿐이야. 들리는 소리라고는 한숨짓는 소리와 투덜거리는 소리뿐이야.

내가 원하는 공부와 미래에 대한 희망과 사랑과 용기, 이런 것들은 주위의 불평에 억눌려서 숨을 제대로 못 쉬고 있어. 앞으로도 나의 이 보잘것없는 잡담에 관심을 가질 사람이 있을지 의문이야.

이제부터 내 글 제목을 '미운 새끼 오리의 고백'이라고 써야 할까 봐!

1944년 4월 18일 화요일

키티!

마르고트 언니가 나에게 새 일기장을 마련해 주었어. 언니의 화학 공책을 뜯어서 만들어 준 거야.

또 하나 기쁜 일은 페터를 만나서 열흘 동안이나 하지 못했던 이야기를 차분히 나눈 것이야. 나는 그가 궁금해 하고 있는 여자의 모든 것에 대해 아는 대로 설명해 주었어. 앞으로도 페터와 함께 여러 가지 궁금하고 어려운 문제들을 좀 더 깊이 있게 이야기해야겠어.

4월은 덥지도 춥지도 않고 가끔은 가랑비도 내리는 아주 멋진 때야.

창밖을 내다보니, 뜰에서 자라는 밤나무는 어느새 짙은 초록색 잎이 우거져 여기저기에 하얗고 작은 꽃이 피어나기 시작했어. 지난 토요일에 베프는 수선화 세 다발과 보랏빛 히아신스 한 다발을 가져다주었어.

히아신스는 특별히 나를 위해 주는 것이라고 말해서, 나는 무척 감격스러웠어.

이제부터 수학 공부를 해야겠어.

1944년 5월 3일 수요일

키티!

페터가 사랑하는 고양이 모시가 사라져 버려서 그는 요즈음 슬픔에 잠겨 있어. 어차피 나간 것이라면 어느 부잣집으로 갔으면 좋으련만.

2주일 전부터 우리는 오전 11시 반에 아침과 점심을 겸해서 먹기로 했어. 그렇게 하면 한 끼 식사가 절약되니까 어려운 형편에 도움이 돼.

채소가 유난히 귀하다더니, 역시 오늘 아침 식탁에는 상한 양상추를 삶은 것이 올라왔어. 어제도 그제도 반찬이라곤 고작 시금치니 감자뿐이었지만 말이야.

도대체 전쟁을 왜 해야 하는지? 인간은 어째서 서로 사이좋게 지내지 못하고 파괴를 일삼는 것인지?

이러한 궁금증에 대해 내게 속 시원히 대답해 줄 수 있는 사람은 어디 없는지?

1944년 5월 5일 금요일

키티!

아빠가 나 때문에 단단히 화가 나셨어.

일요일에 나를 타일렀기 때문에, 아빠 말씀대로 당연히 내가 다락방에 가지 않으리라고 생각하셨던 거야. 이제 나는 더 이상 어린아이가 아니니까, 페터와 단둘이서 만나는 것은 될 수 있는 한 삼가고 몸가짐도 조심하라는 뜻일 거야.

처음 이곳으로 온 다음부터 몇 주일 동안 나는 하루도 마음 편한 날이 없었어.

그때 내가 얼마나 슬퍼하고 얼마나 쓸쓸해 했는지를 아마도 다락방은 기억할 거야. 다락방은 그럴 때마다 내게 위안을 주는 유일한 장소였어.

이제 나는 엄마나 다른 사람의 도움을 받지 않고도 홀로 살아 갈 수 있는 단계에 이르렀어. 그러나 이런 나의 자신감은 하룻 밤에 갑자기 이루어진 것이 아니야. 그동안 나 혼자서 끊임없이 고민하고 한없이 울었던 결과이지.

내가 괴로워할 때 그 누구도 나를 위로해 주지 못했어. 모두
가 자신의 눈을 감고 귀를 막았으며, 시끄럽게 굴지 말라고 꾸
지람만 톡톡히 들었을 뿐이야.

이제 지루한 싸움은 끝났고 승리자는 바로 나야! 나는 비로
소 몸과 마음이 독립된 하나의 떳떳한 인간이 되었어.

이제부터는 아무 두려움 없이 내가 옳다고 생각하는 방향으
로 나아가고 싶어. 아빠는 더 이상 나를 열네 살짜리 어린 소녀
로만 취급할 수 없고, 또 그렇게 해서도 안 된다고 생각해.

나는 너무도 괴로움을 많이 겪은 탓에 실제 나이보다 훨씬 어
른스러워졌기 때문이지.

부디 내 마음을 믿어 주었으면 좋겠어.

1944년 5월 6일 토요일

키티!

나는 어제 일기장에 이야기했던 것을 편지로 적어서 저녁을
먹기 전에 아빠의 호주머니에 넣어 두었어.

언니의 말을 들으니, 아빠는 그 편지를 읽고 나서 하루 종일
우울해 하셨다고 해.

가엾은 우리 아빠! 그 편지를 읽고 얼마나 걱정하고 계실지, 나는 잘 알고 있어.

아빠는 조그마한 일에도 곧잘 슬픔에 휩싸이는 다정다감한 분이니까.

1944년 5월 25일 목요일

키티!

이곳에서는 날마다 뭔가 새로운 사건이 일어나고 있어. 오늘 아침에는 우리 집에 채소를 배달해 주는 가게 주인이, 유대 인 두 사람을 자기 집에 숨겨 주었다는 이유로 체포되어 끌려갔대.

그 가엾은 유대 인이 어떻게 될지 걱정스러워. 우리는 모두 이 소식을 듣고 크게 충격을 받은 상태야.

세상이 아무래도 완전히 거꾸로 돌아가는 것 같아. 사회에서 존경받는 사람들은 강제 수용소나 감옥에 갇히고, 오히려 보잘 것없는 인간들이 선량한 사람들을 하인 다루듯 하고 있어.

암거래 시장에서 붙잡히는 사람도 있고, 유대 인이나 지하 운동을 하는 사람들을 도와주었다는 이유로 체포되는 사람도 많아.

채소 가게 주인이 체포된 일은 우리에게도 적지 않은 타격이
야. 미프나 베프가 감자나 상추를 날라 올 수 없으니까 말이야.
하는 수 없이 우리가 먹는 양을 줄이는 수밖에 없게 되었어.

엄마는 우리에게 아침을 거르고, 점심에는 죽과 빵, 저녁에는
감자튀김, 그리고 일주일에 한두 번은 상추 같은 채소를 먹어야
한다고 말했어. 앞으로 당분간은 우리 모두 배가 고플 거야.

그래도 게슈타포에게 발각되어 체포되는 것보다는 굶주림을
참는 게 낫겠지.

전쟁, 그리고 자연

1944년 6월 6일

키티!

드디어 연합군의 상륙 작전이 시작되었다!

영국 정부는 오늘 아침 8시에 이 뉴스를 발표했어. 각 지역에 맹렬한 포격이 퍼부어졌는데, 점령 지역에 대한 안전 조치로 해안에서 35킬로미터 이내에 살고 있는 사람들은 안전한 장소로 피하라는 경고가 내려졌어.

영국군은 되도록 포격 시작 한 시간 전에 이러한 전단을 뿌린다고 해.

독일군의 발표에 따르면 영국의 낙하산 부대가 프랑스 해안에 투하되었고, BBC 방송에서는 영국의 상륙용 배가 독일 해군과 전투 중이라고 발표했어.

아침 식사 때에 우리는 상륙 작전에 대해서 이야기를 나누었어. 이번 역시 실패한 작전으로 끝나게 될까?

11시에는 영국의 라디오 방송이 아이젠하워 연합군 최고 사령관의 연설을 독일어로 내보냈고, 12시에는 뉴스 도중에 아이젠하워 장군이 프랑스 국민에게 보내는 성명서를 발표했어.

"오늘은 디데이입니다. 곧 격렬한 전투가 시작될 것입니다. 그리고 우리는 승리할 것입니다. 1944년은 완전한 승리의 해가 될 것입니다. 여러분의 행운을 빕니다……."

라디오 방송을 들은 이곳 은신처의 사람들은 흥분의 도가니에 휩싸여 있어.

마치 지난밤까지도 헛된 꿈처럼 생각되던, 그러면서도 그렇게 애타게 기다리던 해방이 마침내 찾아온단 말인가?

희망은 우리에게 언제나 새로운 힘과 용기를 줘.

벌써 마르고트 언니는 9월이나 10월쯤에는 학교에 다시 다니게 될지도 모른다며 설레는 가슴을 움켜쥐고 있어.

1944년 6월 9일

키티!

또 한 가지 굉장한 뉴스가 있어. 연합군이 프랑스 해안의 작은 마을을 점령하고 카엔을 공격하고 있다는 소식이야.

은신처 사람들의 흥분은 이제 좀 가라앉은 편이야. 그러나 전쟁은 쉽게 끝나지 않을 거라고 말하고 있어. 금년 말까지는 지속될 거라는 게 대체적인 의견이야.

좀 더 일찍 끝나면 좋으련만.

판단 아주머니가 투덜거리는 것은, 요즘 들어 특히 참기 힘들 지경이야. 상륙 작전에 대해서는 아무 말도 안 하면서, 그 대신 날씨 탓만 열심히 하고 있어.

1944년 6월 15일 목요일

키티!

요즈음 자연의 모든 것이 무척 그리워. 나는 자연 속에 깊이 빠져들 때가 많아졌어. 오랫동안 밖으로 나가 보지 못했기 때문이야.

새가 푸른 하늘에서 지저귀는 소리에도, 달빛이나 꽃에서도 아무런 매력을 느끼지 못했던 때가 있었어. 하지만 이곳에 온

뒤로 나는 완전히 달라졌어.

지독히도 더웠던 성령 강림절에 나는 달빛을 감상하기 위해 11시까지 자지 않고 기다렸어. 그런데 달빛이 너무 밝아서 창문을 열 수 없었어. 우리가 숨어 사는 걸 들켜서는 안 되니까.

몇 달 전에는 비바람이 세차게 불고 구름이 조각조각 흩어지는 어두운 밤거리의 풍경에 나는 완전히 사로잡혔어.

이곳에 오고 나서 1년 반 만에 처음으로 밤하늘을 바라본 거였어.

모든 사람이 별다른 제한 없이 즐길 수 있는 자연에게서 우리만큼 완벽하게 동떨어져 있는 사람들도 아마 없을 거야.

나는 하늘과 구름, 별과 달을 바라보고 있으면 마음이 고요해지고 평온해짐을 느껴. 이것은 어떤 진정제 알약보다 효과가 좋아. 마치 엄마의 품속 같은 자연이 나를 겸손하고 때로는 용기를 갖게 해 주거든.

그러나 슬프게도, 나는 그러한 자연의 모습을 창문에 드리워진 커튼을 통해서 볼 수밖에 없어.

난 순수한 자연을 있는 그대로 보고 싶어, 낮에도!

1944년 6월 27일 화요일

키티!

전체적인 분위기가 많이 변했어. 모든 상황이 우리에게 유리한 방향으로 흘러가고 있어.

여기저기서 독일군의 패전 소식이 들려오고 있어.

영국군은 주요 항구를 점령했기 때문에 이제부터는 군대든 군수 물자든 마음대로 이동할 수 있게 되었다고 해. 상륙 작전 개시 후 불과 3주일 만에 코탄탄 반도를 완전히 점령했다고 하니 굉장한 성과가 아닐 수 없지.

연합군 상륙 작전 이후, 영국군과 미국군은 날씨 때문에 공격을 늦추는 일은 없었어. 물론 이런 상황에서도 독일군이 자랑하는 비밀 무기는 크게 활약을 하고 있다고 해.

그렇지만 영국군에게 입힌 작은 손실을 독일 신문들이 과장해서 보도한 것일 뿐, 그다지 큰 효과는 없는 것 같아.

군대에 가지 않는 독일 여성들과 아이들이 앞을 다투어 여러 곳으로 나뉘어 피난 가는 행렬이 이어지고 있어.

또 하나의 안네

1944년 7월 15일 토요일

키티!

≪현대의 젊은 여성들≫이라는 매우 흥미로운 제목의 책을 미프 아주머니가 도서관에서 빌려다 주셨어.

이 책의 작가는 오늘날의 젊은이를 비판하고 있지만 아무것도 할 수 없다고 몰아붙이지는 않아. 오히려 젊은이들은 원하기만 하면 보다 아름답고 훌륭한 세계를 창조할 힘을 갖고 있는데도, 참된 길에는 관심이 없고 오히려 쓸데없는 일에만 관심을 쏟는다고 비판하고 있어.

이 책을 읽으면서, 나는 왠지 지은이가 나를 비판하는 듯한 느낌이 강하게 늘었어.

내 성격에는 한 가지 특이한 점이 있어.

나를 조금이라도 안다는 사람은 틀림없이 그 점을 잘 알고 있을 거야.

나는 나 자신을 너무나 잘 알고 있을 뿐만 아니라, 내가 하는 행동을 마치 다른 사람이 마주 보고 있는 것처럼 지켜볼 수도 있어. 나는 아무런 편견 없이 나 자신을 대하고, 또 무엇이 옳고 그른가를 판단할 수 있다는 말이야.

언젠가 아빠께서 말씀하셨어.

"아이들은 모두 자기 자신을 스스로 교육해야 한다."

그때는 몰랐지만 이제는 그 말이 무슨 뜻인지 알 수 있을 것 같아.

부모는 단지 자녀에게 충고를 하면서 옳은 길로 가도록 안내해 줄 뿐이고, 모든 것을 결정하는 것은 바로 자신이라는 거야.

나는 감히 누구 못지않게 용기가 있다고 말하고 싶어. 나는 언제나 강하고 무슨 일이든 견뎌 낼 수 있다고 생각하는 편이거든.

그런데 한편으로, 모든 면에서 진정 강하고 용기 있다는 것은 얼마나 어려운 일인가.

'마음속 깊은 곳에서는 젊은이가 노인보다 고독하다.'

어떤 책에서 이런 구절을 읽은 뒤로 나는 그것에 대해서 곰곰이 생각해 봤는데, 그 말이 정말 꼭 맞는 말이라는 걸 알았어.

은신처의 생활에서 어른들이 우리보다 더 괴롭다는 것이 사실일까? 나는 결코 그렇게 단순하게 생각하지는 않아.

모든 꿈이 깨어지고 짓밟혀서 인간이 보여 줄 수 있는 가장 추악한 모습만 가득한 지금 상황에서 과연 정의와 신을 믿어야 옳은지, 무엇이 진실이고 거짓인지 분명하지 않은 상태에서 우리는 어른들보다 몇 배나 더 큰 고통을 가슴에 안고 있는지도 몰라.

우리의 마음에 들어 있는 꿈과 희망도 무서운 현실의 벽에 부딪치면 이내 깨지고 말 거야.

사실 내가 아직까지도 꿈을 버리지 않고 지키려고 애쓰는 모습은 나 자신도 놀라울 정도야. 너무나 현실과 동떨어져서 도저히 이루어지지 않을 것처럼 보이기 때문이지. 그런데도 나는 내 꿈을 버리지 못하고 있어.

언젠가는 모든 것이 옛날로 돌아가고, 이 괴로움도 끝나서 평화롭고 조용한 세상이 찾아오리라고 굳게 믿고 있기 때문이야.

그때까지는 결코 꿈을 버려서는 안 되겠지.

1944년 8월 1일 화요일

키티!

나는 이중인격자야.

한쪽의 나는 지나치게 쾌활하고 모든 일을 재미있게 생각하며 적극적이야. 또한 모든 일을 가볍게 생각해.

'고집이 세고 아는 체하며 너무 주제넘게 행동하는 것.'

이것이야말로 나에게 딱 맞는 말이야.

누구에게 윙크를 받거나 다가와서 포옹을 해도, 또는 기분 나쁜 농담을 하더라도 화를 내지 않아. 이런 면이 너무 강하다 보니, 한편으로는 착하고 순수한 나의 또 다른 면이 밖으로 드러날 틈이 없어. 그래서 아무도 안네의 좋은 점을 알지 못하고, 나를 형편없이 구는 말괄량이쯤으로 여기는 거야.

조심성 없이 서두르는 내 성격은 남의 눈에 곧잘 띄기 때문에, 아무리 애를 써도 잘 안 돼. 내 안에 있는 두 가지 성격 중에서, 되도록이면 좋은 점을 남에게 보여 주고 싶지만 그게 뜻대로 되지 않아.

마음 한편으로는, 이 안네에게도 좋은 면이 많다는 걸 남들이 새롭게 발견할까 봐서 겁이 나는 경우도 있어. 나 자신은 내가 내면적으로 행복한 성격을 갖고 있다고 여기는데, 다른 사람은 나를 겉으로만 행복한 척 흉내 낸다고 생각할 게 뻔하기 때문이야.

언젠가 말했듯이, 나는 마음속 이야기를 쉽게 드러내 보이지 않아. 그래서 여러 가지 오해도 받았지만, 그때마다 나는 웃어 넘기곤 해.

더 솔직히 말하자면, 나는 남들의 오해에 상처받고 자신을 변화시키고자 애를 쓰고 있는 중이야.

"이봐, 안네! 너는 동정심이란 조금도 없고 거만하며 매우 까다롭게 보여. 마음속에서 우러나오는 진정한 충고를 듣지 않으니까, 모두가 너를 싫어한단 말이야!"

내 마음속에서 이렇게 흐느끼는 소리가 들려. 나는 열심히 노력하지만 잘 안 되는 걸 도대체 어떻게 해야만 할까?

내가 얌전히 있으면 우리 가족은 내가 병이 난 거라고 믿고 두통약이나 진통제를 먹이거나, 열이 얼마나 높은지 이마나 목을 짚어 보기도 해.

이렇게까지 취급을 당하고 나면 나는 점점 화가 나기 시작하고 슬퍼져서, 결국에는 모든 것이 처음부터 다시 되풀이되는 거야.

좋지 못한 면만 밖으로 나와 있고, 좋은 점은 고스란히 안에 숨어 있어.

그렇지만 나는 내가 바라는 사람이 되는 길을 끊임없이 연구할 거야.

《안네의 일기》에 대하여

안네의 일기는 1944년 8월 1일로 끝났다.

모두들 머지않아 은신처의 생활이 끝나리라는 희망에 부풀
어 있었다.

이 마지막 일기가 쓰인 지 사흘 뒤인 8월 4일, 안네의 아빠 오
토 프랑크 씨의 생각도 다른 사람들과 마찬가지였다.

그러나 그러한 기대는 한순간에 무너지고 말았다. 다락방에
서 들리는 낯선 남자들의 고함 소리와 어지러운 발소리! 네덜
란드의 나치 당원들이 들이닥친 것이었다.

위협을 받은 퀴흘레르 씨는 아무 말 없이 계단으로 올라왔다.
그러면서 속으로 울었다.

‘이렇게 위장된 책장 뒤에 비밀 장소가 있다는 걸 누가 알았을까? 도대체 어떻게 눈치를 챘단 말인가?’

“뭘 하고 있는 거야? 빨리빨리 문을 열지 못하겠어!”

아! 결국 모두가 늘 두려워하던 마지막 순간이 된 것이다. 오토 프랑크 씨는 순순히 손을 들고 항복하는 수밖에 없었다.

독일 비밀경찰은 돈과 보석을 모두 빼앗고 가방을 뒤졌다. 가방에서 안네의 일기장이며 서류 따위가 나오자 모두 방바닥에 버리고, 그 가방에다가 빼앗은 돈과 보석만을 담아서 다른 곳으로 갔다.

안네와 가족 일행은 호송차에 실려 암스테르담 형무소에 있는 독일 비밀경찰 본부로 끌려갔다. 유대 인들은 모두 엄중하게 취조를 받고 어둡고 커다란 감방에 갇혔다. 남자와 여자는 따로 수용되었고, 쉴 틈도 없이 노동을 해야만 했다.

안네는 몸이 약해서 노동을 하기가 힘들었는데, 다행히 수용소의 의사가 아빠 친구였기 때문에 힘든 일을 하지 않아도 되었다.

9월 3일 저녁, 베스테르부르크 수용소의 유대 인들에게 동쪽으로 이동하라는 명령이 내려졌다. 동쪽으로 이동하라는 말에 모두들 몸을 떨었다. 그것은 끔찍한 폴란드의 살인 수용소로 끌려간다는 것을 의미했기 때문이다.

유대 인들은 앉을 틈도 없이 빽빽하게 들어찬 가축용 기차에 실려 유럽 대륙을 가로질러 갔다.

"내려라! 빌케나우 아우슈비츠에 도착했다!"

유대 인들이 줄지어 걸어갈 때 나치 친위대 장교가 노인과 병약자를 끌어냈고, 그들은 곧장 가스실로 끌려갔다. 제일 먼저 몸이 쇠약해진 판단 아저씨 역시 가스실로 끌려갔다.

1월 17일에 유대 인을 모두 독일로 옮기라는 명령이 내려졌다. 그리고 1월 27일 아우슈비츠에 소련군이 들어오자 안네의 아버지인 프랑크 씨는 구출되어 코트비츠로 옮겨졌고, 여기서 네덜란드의 한 친구를 만나 안네의 엄마가 1월에 과로로 죽었다는 소식을 들었다.

프랑크 씨는 유일한 생존자가 되어 네덜란드로 돌아왔다. 나중에 그는 아내와 딸들에 대한 더 자세한 이야기를 듣게 되었다.

1945년 2월, 안네와 마르고트는 둘 다 열병에 걸렸다. 쇠약해질 대로 쇠약해진 마르고트는 병을 이기지 못하고 죽고 말았다.

안네는 그때 이미 병에 걸려 있었기 때문에 사람들은 마르고트의 죽음을 알리지 않았다. 그러나 며칠 후, 안네는 그것을 알아차리고 희망을 잃고 점점 힘을 잃어 갔다.

그로부터 며칠 후 연합군이 이미 프랑크푸르트에 들어와 있던 3월 초 어느 날, 안네는 열다섯 살의 어린 나이로 세상을 떠났다.

1945년 5월, 마침내 전쟁은 끝났다.

게슈타포가 안네 일행이 숨어 살던 곳의 가구를 실어 간 날, 안네의 일기는 청소부에게 발견되어 미프와 베프에게 전해졌다. 미프와 베프는 이 일기장을 소중하게 간직하고 있다가 혼자 살아 돌아온 안네의 아버지에게 건네주었다.

오토 프랑크 씨는 이것을 1947년에 출판했는데, 현재까지 세계 50여 개 국어로 번역 · 출판되었다.

《안네의 일기》에는 독일의 유대 인 탄압 정책 아래에서 은둔 생활을 하는 동안 그녀의 꿈과 고민, 그리고 가족과 조국에 대한 사랑이 담겨 있다.

'내 소망은 죽어서도 영원히 사는 것'이라고 쓴 안네의 소원은 이렇게 해서 이루어진 것이다.

작품에 대하여

안네의 일기

◆ **작품 소개**

전쟁의 부조리를 고발한 열세 살 소녀의 일기

《안네의 일기》는 유대 인 소녀 안네 프랑크가 나치스의 박해를 피해 가족과 함께 은둔 생활을 하면서 남긴 일기이다. 1942년 6월부터 1944년 8월까지 약 2년에 걸쳐 쓴 이 일기는 숨어 지내는 고통을 자세히 기록했을 뿐만 아니라 사춘기 소녀의 정신적 성장, 어른들 세계에 대한 통렬한 비판 등을 격조 높은 문장으로 써 내려갔다.

일기의 앞부분 일부는 은둔 생활에 들어가기 전 평화로운 시절을 담았지만, 대부분의 내용은 은신처에서 다른 유대 인 가족과 함께 보낸 내용을 그리고 있다. 전쟁에 대한 두려움과 부모님과의 갈등, 페터라는 소년에 대한 감정, 불안한 현실 속에서도 희망을 잃지 않는 꿋꿋함 등을 안네는 솔직한 글로 꼼꼼하게 일기장에 담았다.

안네가 수용소에서 죽고 전쟁이 끝난 뒤, 이 일기는 아버지 오토 프랑크에 의해 출간되어 엄청난 반향을 불러일으켰다. 《안네의 일기》는 핍박받는 이들의 목소리를 대변하고 폭력과 무자비에 맞서는 이들에게 용기를 주었다. 그 후 세계 각국 언어로 번역·출간된 것은 물론 영화, 드라마, 연극으로도 제작되어 차별과 편협함에 저항하는 상징이 되었다.

◆ 줄거리

1942년 6월, 안네는 열세 살의 생일 선물로 일기장을 받았다. 안네는 일기장에 '키티'라는 이름을 지어 주고 고백의 형식으로 일기를 쓰기 시작했다. 독일군의 유대 인 탄압이 점점 심해지자, 안네 가족은 오래전부터 준비해 둔 은신처로 피난을 갔다. 여기에 판단 씨 가족과 뒤셀 씨 등 다른 유대 인들도 합류하여 비좁은 은신처 생활이 시작되었다.

안네는 예민해져서 자주 갈등을 일으키는 어른들과 자신을 이해해 주지 못하는 엄마에 대해 실망을 느끼면서도 언젠가 좋은 날이 올 거라는 희망을 잃지 않았다. 점점 잦아지는 폭격, 수용소로 끌려가는 다른 유대 인들을 몰래 지켜보는 고통, 날로 더해 가는 발각의 두려움과 굶주림 속에서도 안네 가족은 전쟁이 끝나기를 꿋꿋하게 기다렸다.

그러나 누군가의 밀고로 나치 당원들이 은신처에 들이닥치고 사람들은 수용소로 끌려갔다. 어른들은 강제 노동에 시달리던 끝에 하나 둘 목숨을 잃고, 안네와 언니 마르고트도 열병에 걸려 세상을 떠나고 말았다. 유일하게 끝까지 살아남은 아버지는 안네의 일기장을 건네받고, 그 내용에 감명을 받아 출판을 하면서 《안네의 일기》는 빛을 보게 되었다.

◆ **등장인물 소개**

안네_ 네덜란드에 살던 유대 인 소녀로, 나치스의 핍박을 피해 은신처에서 약 2년 동안 생활한다. 수다쟁이에 명랑한 성격으로 책 읽기와 글쓰기를 좋아한다. 세상이 완전히 거꾸로 돌아가는 것 같다며 부조리한 전쟁 상황을 일기에서 통렬히 비판한다.

오토 프랑크_ 안네의 아빠다. 다정다감한 성격으로 딸의 말을 귀담아 들어 준다. 안네는 일기에서 아빠를 몹시 사랑하고 존경한다고 말한다. 강제 수용소에서 유일하게 살아남아, 안네가 남긴 일기를 책으로 출판한다.

프랑크 부인_ 안네의 엄마로 매우 꼼꼼하며 경우에 벗어난 행동을 싫어한다. 안네와는 자주 다투는데, 안네는 엄마가 자기를 이해해 주지 못한다며 불평한다. 수용소에 끌려가 과로로 죽게 된다.

마르고트_ 안네보다 세 살 많은 언니로 착하고 조용한 성격이다. 공부도 잘해 부모님의 귀여움을 독차지한다. 안네와 같이 책 읽기를 좋아한다. 열병으로 안네보다 먼저 죽는다.

판단 씨 부부_ 은신처에서 함께 지내는 유대 인 부부이다. 판단 씨는 안네 아빠의 절친한 친구인데, 그 아내는 약간 이기적이고 제멋대로다. 부부는 싸움을 자주 한다.

페터_ 판단 씨 부부의 아들로 말이 없고 수줍음을 잘 탄다. 부모의 다툼으로 자주 우울해진다. 안네의 남자 친구가 되어 위로를 주고받는 사이가 된다.

뒤셀 씨_ 맨 나중에 은신처에 합류한 치과 의사이다. 안네와는 사이가 좋지 않아 건건이 대립을 한다. 안네에게 잔소리를 많이 한다.

◆ **들어가기**

흔히 '칼보다 펜이 더 강하다.'라는 말을 자주 듣는다. 무력보다는 문필의 힘이 세다는 것을 지적한 말이다. 그런데 아돌프 히틀러의 나치(국가 사회주의 독일 노동자당) 정권을 무너뜨린 것은 1944년 연합군에 의한 노르망디 상륙 작전과 소련군에 의한 바그라티온 작전이었다. 여기에 1945년 4월 히틀러가 마침내 자살함으로써 1945년 5월 나치 독일은 연합국에 무조건 항복할 수밖에 없었다.

그러나 나치 정권의 비인간적인 만행을 폭로하는 데에는 연합군의 '칼'보다는 한 소녀의 '펜'이 훨씬 더 중요한 역할을 하였다. 나치 정권은 '지배 민족으로서 독일의 순수성을 유지한다.'라는 나치의 깃발을 높이 내걸고 유대 인을 비롯한 집시와 같은 소수 민족, 동성애자나 장애인 등을 제거하였다. 나치의 이러한 만행은 독일 역사뿐만 아니라 인류 역사에서 씻을 수 없는 오명을 남겼다. 그런데 안네 프랑크라는 열네댓 살 소녀가

《안네의 일기》1947)를 써서 그 만행을 온 세계에 널리 알렸다. 그녀가 펜으로 기록한 조그마한 일기장 한 권이 어떤 정치학자나 연구 보고서나 역사가의 학구적 저술보다도 큰 힘을 발휘했던 것이다.

안네는 일기에 '종이는 인간보다 더 잘 참고 견딘다.'라고 적었다. 그녀의 말대로 그녀를 비롯한 수많은 유대인들은 이미 포로 수용소에서 영양실조로 병에 걸려 죽거나 가스실에서 사망하고 말았지만 그녀가 기록한 일기장은 더 잘 참고 오래 견뎌 유대 인들에 대한 학살, 즉 홀로코스트를 생생하게 증언하고 있다. 이 일기는 지금까지 60여 개 국어로 번역되어 줄잡아 3천 2백만 권 이상이 팔린 것으로 집계된다.

◆ **집필 과정**

《안네 일기》의 장르적 특성은 형식에서 보면 일기문에 속하고, 내용에서 보면 나치가 감행한 유대인 탄압을 고발한 증언문학에 속한다. 자서전의 하부 유형이라고 할 '증언문학(testimonial literature)'은 인권 침해나 폭력과 전쟁 또는 사회적 억압 조건 아래에서 살아온 경험을 피해 당사자가 직접 증인이 되어 구어로 진술하거나 문자를 빌려 일인칭으로 기술하는 것을 말한다. 증언문학은 그동안 정치적으로 억압 받아 온 라틴아메리카에서 처음 본격적으로 시도되었다. 1992년에 노벨 평화상을 수상한 과테말라 여성 리고베르타 멘추의《나, 리고베르타 멘추》는 대표적인 증언문학으로 꼽힌다. 또 쿠바의 시인이요 민속학자인 미겔 바르넷은 증언문학을 이론적으로 정립한 사람으로 평가받는다. 그러나 이 증언문학은 그 역사를 좀 더 거슬러 올라가 보면 안네 프랑크가 쓴 '일기'를 만나게 된다. 그녀야말로 나치 정권의 비인간적인 인종 탄압을 낱낱이 고발하고 증언하고 있기 때문이다.

안네 프랑크는 열세 살 생일이었던 1942년 6월 12일 생일날에 아버지 오토 프랑크로부터 붉은색 체크무늬 일기장 한 권을 선물로 받았다. 그녀는 바로 이날 일기장에 '생일날 테이블 위에 놓여 있는 너를 보았어.'라고 적었다. 그녀는 계속하여 '7시가 지나자마자 아버지와 어머니께 아침인사를 하고 곧장 거실로 가서 선물 꾸러미를 풀어 보았어. 맨 처음에 나온 것이 바로 너였는데 아주 근사한 선물이었어. 그 밖에 테이블 위에는 장미꽃 다발, 화분 하나, 모란꽃이 있었어. 꽃은 그 뒤에 선물로 많이 받았어. 아버지와 어머니께서 선물을 잔뜩 주셨고, 여러 친구들이 보낸 선물도 많이 있었어.'라고 적었다.

유대 인 탄압이 날로 심해지던 무렵 안네에게 일기장은 단순한 공책이 아니라 자신의 모든 비밀들을 솔직하게 털어놓는 절친한 친구였다. 자신의 일기장을 인격화하여 '키티(고양이)'라고 부르며 다정한 친구에게 편지를 쓰듯이 모든 것을 털어놓았다. 또한 안네에게 이 일기는 나치 경찰로부터 숨어 살아야 하는 데에서 오는 불안감이나 좌절감 또는 울분을 달랠 수 있는 '마음의 안식처'이기도 하였다. 일기 첫머리에서 안네는 '내가 왜 일기를 쓰기 시작했는가?'라고 스스로에게 물은 뒤 '마음을 털어놓을 만한 참다운 친구가 없기 때문이야. 주변의 그저 그렇고 그런 일 말고는 아무에게도 얘기하고 싶지 않으니 아무래도 서로 더 이상 가까워지는 것은 무리인 것 같아.'라고 밝힌다.

그러고 보니 안네가 일기를 처음 쓰기 시작한 지 올해로 70년이 되었다. 그녀가 열세 살 때 일기를 쓰기 시작했으니 지금 살아 있다면 올해로 여든세 살이 되는 할머니이다. 그런데도 안네는 우리의 뇌리에는 언제나 청순하디청순한 어린 소녀로 남아 있다. 기미년 독립만세를 부르짖다가 순국한 유관순처럼 안네도 후손의 머릿속에는 늘 사망 당시의 모습이 각인되어 있어 '소녀'나 '언니'로만 남아 있을 뿐이다.

◆ **일기의 내용**

1933년 나치당의 히틀러가 독일의 정권을 잡으면서 교육, 교통, 거

주지 등에서 유대인들을 차별하는 인종차별 정책이 실시되었다. 안네 프랑크 집안의 삼촌들은 미국으로 망명했지만 그녀의 가족은 네덜란드의 암스테르담으로 일단 망명하여 이곳에서 미국으로 다시 망명할 계획을 세웠다. 그러나 나치 독일이 중립국가인 네덜란드를 점령하자 네덜란드의 미국 대사관이 폐쇄되는 바람에 안네 집안사람들은 미국행 비자를 받을 수 없었다.

이렇게 미국으로 망명할 수 없게 되자 안네의 아버지 오토 프랑크는 암스테르담의 프린선흐라흐트 263번지에 있는 펙틴(과일 잼에 들어가는 식재료) 공장 사무실에 있는 창고를 책장으로 교묘하게 위장하여 1942년 7월 5일 자신의 가족을 그곳으로 피신시킬 준비를 하였다. 은신 계획을 비밀리에 진행하여 안네가 일기장에 '아빠가 말씀하시기 전까지는 아무것도 몰랐다.'라고 적을 정도였다. 안네에 따르면 이웃들 사이에 안네 자매가 새벽녘에 자전거를 타고 가는 것을 보았다느니, 안네 일가가 나치에게 끌려갔다느니 하는 헛소문이 돌 만큼 보안이 철저하고 완벽하였다.

계획을 실행할 때가 되자 안네 일가는 새벽에 일어나 옷가지 같은 생필품만 몇 가지 챙겨 은신처로 갔다. 안네는 은신처에 가던 날 느낀 비참한 생각을 적었다. 나치의 인종차별 때문에 자동차나 전차를 타지도 못 하고 비를 맞으면서 걸어갔던 것이다. 이때부터 '비밀 집'이라고 이름 붙인 은신처에서 2년여 동안 숨어 살면서 안네는 일기를 꼬박꼬박 적어 갔다.

은신처에서 산 사람들은 비단 안네의 가족만이 아니었다. 그들의 이웃 유대 인들, 즉 오토 프랑크의 사업을 돕던 판단과 그의 가족, 그리고 치과 의사 뒤셀 등을 포함하여 모두 여덟 명이었다. 주로 감자인 식료품과 생활용품은 이 무렵 오토의 공장에 종사했던 세 명의 사무직원이 담당했는데, 그중에서도 특히 미프 기스라는 처녀가 안네의 표현을 빌리면 '그야말로 쉴 틈 없었을 정도로' 은신처 사람들을 위하여 심부름해 주었다. 이 무렵 법에 따르면 유대 인을 은신시켜 주거나 도피를 도와주는 사람은 총살형에 처해 지게 되어 있었지만 실제로는 보통 4개월에서 6개월 정도의 강제노동에 처해졌다. 이러한 상황에서 안네네 가족과 다른 유대 인들을 도와준 것은 보통 용기가 아니고서는 할 수 없는 일이었다. 더구나 미프는 나치의 비밀경찰 게슈타포가 안네네 식구들의 물건을 압수하는 과정에서 안네의 일기와 그가 습작한 글들을 몰래 빼돌린 것으로도 유명하다.

뒷날 《안네의 일기》가 세상에 널리 알려지면서 미프는 네덜란드에서 유명인사가 되었으며, 다른 조력자들과 함께 라울발렌베리 상을 받고 이스라엘 정부가 수여하는 '모든 나라의 올바른 사람'에도 뽑혔다. 또 1995년에는 독일 연방정부 공로 훈장과 야드바셈 상을 받았으며, 네덜란드의 베아트리스 여왕에게 작위도 받았다.

은신처에서 숨어 사는 안네 일가와 다른 사람들이 얼마나 고통스럽게 살았는지는 마치 불을 보듯 뻔하다. 부친의 먹거리 장사로 중산층 이상의 생활 수준을 누리던 은신 생활 이전의 삶과는 달리, 은신처에서는 먹거리와 입을 거리 등을 말할 것도 없고 좁은 공간에서 같이 살면서 불편한 일이 한두 가지가 아니었다. 또한 전에는 몰랐던 서로의 결점이 눈에 띠면서 사이가 나빠지기도 하였다. 그러나 그들은 나치 강제수용소에 끌려가 죽지 않기 위해서는 불만을 억지로 참으며 서로 협력하며 살아야 했다.

이러한 궁핍하고 불편한 생활을 하면서도 안네는 일기장에 어쩌다 느끼는 조그마한 행복을 적기도 한다. 가령 암시장에서 몰래 산 고기와 양념으로 소시지를 만들어서 사우어크라우트(양배추를 발효한 독일식 김치)와 같이 먹던 일이며, 딸기를 사서 먹던 일이며, 프랑스어 · 영어 · 지리 · 역사 등을 공부하던 일이며, 책을 읽고 독후감을 쓰던 일 등 일상생활에서 느끼는 조그마한 행복을 일기에 낱낱이 적어 놓았다.

그러던 중 1944년 8월 4일 밤, 익명의 제보자로부터 밀고를 받은 나치의 비밀경찰 게슈타포는 이 은신처를 급습하여 여덟 명 전원을 체포하였다. 안네의 가족은 유대 인 강제수용소로 이송되었다. 그래서 안네의 일기는 1944년 8월 4일로부터 겨우 사흘을 남겨 놓고 8월 1일에서 끝이 난다. 안네의 가족 가운데에서 아버지 오토만이 옛 소련군이 수용소를 해방하는 바람에 구사일생으로 살아남아 네덜란드로 돌아갔다.

◆ **《안네의 일기》의 두 판본**

안네 프랑크가 쓰고 그녀의 아버지가 출간한《안네의 일기》는 지금까지 판본이 두 가지가 있다. 첫 번째 판본은 1947년에 아버지 오토가 편집하여 출간한 것이다. 오토는 안네의 일기를 출간하면서 안네의 성(性)에 대한 사춘기적 관심이 드러나는 부분이라든지, 부모의 언행을 비판하거나 은신처의 다른 가족을 비난하는 부분을 과감하게 삭제하였다. 보수적인 오토는 성에 눈 뜬 자신의 딸을 떳떳하게 여기지 못했을 뿐만 아니라, 가족에 대한 불만이나 갈등을 알리고 싶지 않았다.

두 번째 판본은 네덜란드의 국립전쟁기록연구소가 준비하여 2003년 미국에서 출간된 개정판이다. 이 개정판에서는 세 판본을 비교하여 만들었다. 첫 번째 판본은 안네가 맨 처음에 쓴 일기이다. 두 번째 판본은 작가가 되려고 생각한 안네가 처음 쓴 일기를 다시 정서하면서 수정해 놓은 일기이다. 세 번째 판본은 안네의 아버지 오토 프랑크가 제2차 세계대전 이후 네덜란드에서 출간한 단행본이다. 2003년의 개정판에서는 이 세 판본을 자세히 비교하고 검토하여 그동안 진위 문제에 종지부를 찍고 '최종 결정판'을 내놓았다.

그런데 첫 번째 판본에서는 히틀러와 나치 일당이 저지른 유대 인 탄압과 학살에 무게를 실었다. 오토 프랑크가 이렇게 일부 내용을 삭제하여 축소판을 낸 이유는 나치 독일이 저지른 유대 민족에 대한 박해와 대량 학살 정책으로 빚어진 비인간성을 전 세계 인류에 호소하는 고발 문학적 성격을 강조하기 위해서였다. 물론 실제로 안네가 일기에 기록한 내용 중에서 이 부분이 가장 핵심적인 위치를 차지하는 것은 사실이다.

그러나 개정판의 《안네의 일기》에서는 나치 정권의 만행뿐만 아니라 더 나아가 한 사춘기 소녀의 개인적 성장 과정에도 적잖이 관심을 기울였다. 다시 말해서 이데올로기의 거품을 벗겨내는 대신 안네의 심리적 변화나 감정을 드러내려고 애썼다. 예를 들어 안네가 남자 친구 페터와 처음 키스하고 난 뒤 느낀 감정이며, 언니에 대한 솔직한 심정, 그리고 천진난만 소녀가 아니라 이제 자아를 지닌 한 여성으로 우뚝 서 가는 모습을 그렸다.

특히 안네가 자아를 형성해 가는 과정은 무엇보다 눈을 끈다.

언니 마르고트를 언급하는 장면에서 안네는 '언니 마르고트는 부모님과 어른들의 칭찬의 대상이야. 성적도 좋고 성격도 차분하고 온화하기 때문이지.'라고 적고 있다. 그러면서 안네는 '분명히 말해 두지만 나는 언니처럼 되고 싶은 마음은 추호도 없어. 내가 보기에 언니는 지나치게 소극적이고 얌전하며 무슨 일이든 다른 사람들이 말하는 대로 할 뿐 자기 생각이 없어 보이기 때문이야. 나는 좀 더 강한 성격의 소유자가 되고 싶어.'라고 허심탄회하게 털어놓는다. 안네는 자신이 프랑크 집안의 귀염둥이 막내딸보다는 한 인간으로 대접받기를 바랐다. '지금의 나는 몸과 마음이 완전히 독립된 한 인간이야. 지금까지의 갈등을 견뎌낸 덕분에 나는 강해졌어.'라고 말하는 대목은 이 점을 뒷받침한다. 그래서 그런지는 몰라도 한국어 번역판에서는 '50년 만에 살아난 안네의 사춘기 사랑과 미움과 성의 페미니즘 문학의 꽃'이라는 선전할 정도이다.

◆ **작가 소개**

안네 프랑크는 1929년 독일의 상업 도시 프랑크푸르트에서 유대인 은행가 오토 프랑크와 어머니 에디트 사이에서 태어났다. 에디트는 독실한 개혁파 유대교 신자였다. 안네는 언니 마르고트와 함께 어려서부터 시나고그에서 참석하여 유대교 신앙을 배웠다. 몬테소리학교에서 개별 자유수업을 받았으며, 중학교는 유대인 중학교에 진학하였다. 그 이유는 1938년 이후 유대 인들을 유럽 사회에서 소외시키려는 나치의 인종차별 실시로 학교 진학에서도 차별을 받았기 때문이다.

안네가 일기를 쓰기 시작한 지 2년이 지났을 무렵 제2차 세계대전의 상황이 반전되어 연합군이 노르망디 상륙작전에 성공했다는 소식이 안네 가족에게 전해졌다. 이제 은신처에서 해방되어 자유를 만끽할 날을 기다렸지만 그 기쁨은 오래가지 않았다. 독일 비밀경찰이 1944년 8월 4일 안네 가족을 찾아냈고, 이어 그들은 폴란드 아우슈비츠로 끌려갔다. 안네는 연합국이 승리를 거두기 전 두 달 전인 1945년 3월 열여섯 살의 어린 나이로 베르겐벨젠 수용소에서 영양실조와 장티푸스에 걸려 목숨을 잃었다. 그녀의 어머니는 과로로 사망하였다. 언니 마르고트도 안네보다 먼저 장티푸스로 사망하였다. 마르고트와 안네의 시신은 수용소가 연합군에 의해 해방된 뒤 시체 보관소에서 친구가 거두었다.